FLYING HOME AND OTHER STORIES
―――――――――― Ralph Ellison ――――――――――

海米的公牛

〔美〕拉尔夫·艾里森 著　张军 译

人民文学出版社
PEOPLE'S LITERATURE PUBLISHING HOUSE

著作权合同登记号　图字 01-2021-6452

Ralph Ellison
FLYING HOME AND OTHER STORIES

Copyright © 1996，Ralph Ellison
Simplified Chinese translation rights © 2022 by Shanghai 99 Readers' Culture Co.，Ltd.
ALL RIGHTS RESERVED

图书在版编目(CIP)数据

海米的公牛/(美)拉尔夫·艾里森著；张军译
. —北京：人民文学出版社，2022
（短经典精选）
ISBN 978-7-02-017157-6

Ⅰ.①海… Ⅱ.①拉…②张… Ⅲ.①短篇小说-小说集-美国-现代 Ⅳ.①I712.45

中国版本图书馆 CIP 数据核字(2022)第 082874 号

总 策 划	黄育海
责任编辑	朱卫净　张玉贞　汤 淼
出版发行	人民文学出版社
社　　址	北京市朝内大街 166 号
邮政编码	100705
印　　刷	凸版艺彩(东莞)印刷有限公司
经　　销	全国新华书店等
开　　本	890 毫米×1240 毫米　1/32
印　　张	7.25
字　　数	132 千字
版　　次	2022 年 7 月北京第 1 版
印　　次	2022 年 7 月第 1 次印刷
书　　号	978-7-02-017157-6
定　　价	59.00 元

如有印装质量问题，请与本社图书销售中心调换。电话：010－65233595

SHORT CLASSICS
短经典精选

目 录

001 | 前言 / 约翰·F.卡拉汉

001 | 广场上的派对
010 | 火车上的男孩
020 | 杜桑先生
033 | 下午
047 | 我有一双翅膀
068 | 一个被割头皮的印第安人
088 | 海米的公牛
095 | 我不知道他们的名字
103 | 难以跟上
117 | 黑球
131 | 宾果游戏之王
145 | 陌生的国度
156 | 一场大风暴
165 | 飞行家园

前　言

1

"你永远不知道自己要去哪里。"拉尔夫·艾里森在《看不见的人》中对自己曲折的命运进行了思考，"你开始寻找兄弟会组织，尽管在全新的世界里，存在着各种不同的部落，但你还是发现了他们。"艾里森认为自己的作家身份也是如此。他的这部短篇小说集也是如此。

1961年，艾里森在接受小说家理查德·斯特恩采访时承认："我在无意中爱上了写作。"在他八岁居住在俄克拉何马州时，母亲给他买了一支二手的小号，音乐成了他的生命。上高中的时候，艾里森通过修剪草坪来赚取小号课程的学费，指挥家路德维希·赫贝斯特雷特被他的认真与才华打动，给予他管弦乐编曲以及即兴演出的指导。1933年，他在《看不见的人》出版前所写的《自传笔记》（未出版）里写道，在"为了节省学费，以每周八美元的报酬开了两年电梯"后，他获得了塔斯基吉学院的奖学金，与著名的威廉·道森一起学习交响乐作曲和小号,道森的塔斯基吉合唱团为无线电城①的开幕做了表演。由于买不起火车票,在从俄克拉何马城前往亚拉巴马州期间,他在六条火车线路上过着流浪的生活。

1936年的夏天,艾里森来到纽约,希望能赚到大三的学费,结果却是徒劳。一年后,他遇到了理查德·赖特,并与他建立起了友谊。赖特完成了他的第一本书《汤姆叔叔的孩子》,但还没有找到出版商。1937年秋,赖特鼓励艾里森为他参与编辑的杂志《新挑战》撰写一篇小说评论。艾里森同意了。他回忆说:"我的评论得到认可并发表了,我爱上了写作。"然而,仅凭一篇书评并不能成为一个作家,更别说把一个音乐家变成小说家了。赖特再次出手相助,艾里森的行动离目标越来越近了。艾里森回忆说:"在这篇书评的基础上,赖特建议我尝试写短篇小说,我又做到了。"还是给《新挑战》杂志的,"我试着通过自己乘坐货运火车的经历写了一篇小说。他非常喜欢这个故事,接受了它。这个故事都已经做到了排版校样,但还是因为素材太多而被取消发表。就在那之后,杂志社倒闭了。"这个故事就是《海米的公牛》,在最后一稿的第一页上,艾里森用黑色墨水在1937年上圈了重重的方框。他的第一个故事

---

① Radio City,纽约无线电城音乐厅位于纽约曼哈顿第六大道洛克菲勒中心,是美国规模最大最著名的表演场地。1932年12月27日正式对外开放,道森的塔斯基吉合唱团是开幕表演嘉宾之一。

是在哪里完成的不得而知，也许是在纽约开始的。那时，他转向学习雕塑，但他仍然努力地想成为一名音乐家。1937年夏天，艾里森在纽约的生活很糟糕。像许多20世纪30年代怀揣艺术抱负的人一样，艾里森也为西班牙共和党人呐喊助威。他参与了释放斯科茨伯勒男孩的运动——九名年轻黑人男孩被指控在亚拉巴马州的一辆火车车厢中强奸两个白人女子，被宣判有罪，并被判处死刑。①

与此同时，在俄亥俄州的代顿市——艾里森的母亲艾达·贝尔夫人在一年前从俄克拉何马城搬到那里，她从门廊摔下楼梯，她的髋关节结核被错误地诊断为关节炎。10月中旬，艾里森回到俄亥俄。他只发表过一篇短篇小说，完全不知道自己正处在人生剧烈变化的边缘。他本打算只待到母亲病愈康复的时候，但是他错了。这段经历让他脱离了他认为自己在塔斯基吉和纽约的四年里已经建立起来的稳定的内心世界。

1937年10月17日，他写于代顿的一封题为《亲爱的乡亲们》的信，是给俄克拉何马城的亲戚朋友的，信中讲述了几天前发生

---

① "斯科茨伯勒男孩"案在美国民权史，以及宪法发展史上具有重要意义，因为正是这一案件，使《美国宪法》第十四条修正案关于"平等的法律保护"和"正当法律程序"的保证得到意义广泛的解读。这一案件还扩大了第六条修正案保证被告"有律师协助"的权利的范围，最终使得无论在州还是联邦的刑事案件审理中，所有美国人都可以得到律师的帮助。另外，还促进了一项任何种族或民族群体不得被排斥在陪审团之外的规定。

在辛辛那提医院的情况——母亲因病情突然恶化而去世。"星期五早上5点45分,我到了辛辛那提,发现母亲已经不行了,糟糕的是,当时她已经认不出我了。第二天上午11点,她离开了这个世界。她痛苦得谁都不认识了。这是我经历过的最糟糕的事情,我无法描述失去亲人的空虚。"十天后,他写信给理查德·赖特,说他母亲的去世意味着他童年的结束。与他来到纽约时感受到的变化不同,母亲的去世是真实的,是他所遇到的最致命的打击。母亲的疾病和意外死亡成了一种痛苦的催化剂,正如艾里森后来在《影子与行动》一书中写道:"那正是我开始认真写作的一段时间,也是我写作的转折点。"

几年后,艾里森在正在创作的小说的页边空白处潦草地写道:"你只有离开家才能找到家。"1937年10月在代顿,艾里森陷入困境,他的心几乎全被掏空了,就像他后来作品的主人公那个看不见的人一样,跌入了自我的深渊,直面黑暗。他决心通过写作走出痛苦和失落。如同艾里森喜欢的那句话:"地理决定命运。"他在俄克拉何马州出生并成长,那么在代顿,命运就是从那个地方开始的。不久,一位上帝的使者以律师斯托克斯的身份出现。他是代顿的第一批黑人律师之一,他的小儿子和艾里森的年龄相仿,威廉·斯托克斯和这个失去双亲的陌生人成了朋友。看到艾里森躲在附近的一家餐馆,在廉价的笔记本上潦草地写作,斯托克斯律师给了他自己律所的办公室钥匙。因此，艾里森在1985年给他老朋友玛米隆的信件中写道："我最早的小说创作都是在他的打字机和信纸上完成的。"（事实上，一些早期未发表的小说手稿是在蒙哥马利县共和党执行委员会的信笺上打印出来的，该委员会有四个委员，其中一个是威廉·斯托克斯。）

可以确切地说，斯托克斯是艾里森的恩人。"当我和弟弟赫伯特无家可归时，斯托克斯律师允许我们睡在他的办公室里，并提供厕所和洗浴用品。"尽管发生了"大萧条"和富兰克林·罗斯福的上台，斯托克斯还是坚定的林肯共和党人，他和当时自称为年轻的激进分子艾里森在政治问题上有所争论。在1937年10月27日，艾里森从他所谓的"避难所"代顿给在纽约的理查德·赖特写信说："这里没有《工人日报》，也没有《新群众》。"在11月8日的信中，他说："这里只有《新共和周刊》和广播。"艾里森1985年在给玛米隆的信中回忆起那段"最不和谐但最具有启发性的友谊"，他承认斯托克斯的支持和鼓励帮助他度过了"一段绝望的时期"。

艾里森在母亲去世后陷入了极度的孤独，此时的斯托克斯伸出了援助之手，这也勾起了人们对J. D.（杰斐逊·戴维斯）伦道夫先生的回忆。他是俄克拉何马州法律图书馆的管理人，也是自学成才的法律专家。在艾里森的父亲刘易斯去世后，他把艾里森当作亲人对待。再次失去至亲后，年轻的艾里森再次找到了朋友，这次便是律师斯托克斯。实际上,斯托克斯为他指明了回家的路,把自己的办公室供他居住,让他专心构思,并鼓励他以作家的身份看待自己的工作,帮助他为成为一个真正的人。难怪艾里森告诉赖特,他发现代顿的街道"与家乡俄克拉何马城的街道非常相似"。在代顿,他不像在俄克拉何马那样能很幸运地找到零工,过着勉强糊口的生活。正如他告诉赖特的那样,他大部分时间都在树林里摘"野生的梨子"、核桃和"美味的灰胡桃"。在寒冷多雪的周围乡村,靠着海明威的散文,以及他跟继父在俄克拉何马丛林学会的打猎技能,他以猎捕兔子、鹌鹑和野鸡为生。在他二十年后撰写的散文《二月》中,艾里森回忆起他在地上找到的一个苹果,"被树叶和草包裹着埋在积雪下面"。他记得那只死于枪口的公鹌鹑安详而凄美的样子,记得在穿越过母亲去世后那荒芜的心境而"进入新生活阶段"时那种突如其来的兴奋。就像后来塔斯基吉人阿尔伯特·默里在《南部一个古老的地方》中的旅程一样,艾里森从纽约市的西部来到一个非常古老的镇子,并在俄亥俄州发现了俄克拉何马城。

艾里森在11月8日给理查德·赖特的信的结尾写道:"全世界的作者必须写作!!!!"他不是在开玩笑,但他没有说的是——不过,他早期未发表的小说手稿已经说明了一切——在律师斯托克斯的办公室里,拉尔夫·艾里森在几个小时后一跃成了一名作家。

在1937年10月到1938年4月的七个月里，在代顿，他完成了几篇小说的初稿、两三部小说的框架以及一本一百多页的小说《油纸》——他放弃了这部作品，但其中重要的片段被留存了下来。在这个新世界里，他对俄克拉何马州的早期生活的记忆击溃了层层失落感，使他从悲伤中挣扎出来，艾里森把伤痛变成了通往文学想象之国的通行证。

2

就像奥德修斯一样，艾里森面对的是他在散文《宝贝，实话实说》中所说的"孤儿的孤独"。在寻找回家的路时，他意识到了家的真正内涵所在。纽约是他未来的目标，俄克拉何马州是他记忆的国度，而代顿则是他人生十字路口中离奇又熟悉的地方。几年后，在《影子与行动》的序中，他讲述了在隐秘的内心最深处，他是如何仍然把自己当作一名音乐家。但在代顿的那七个月里，他解决了"复杂的、潜意识里自我欺骗"的戈耳迪之结，即"我右手的'音乐家'拒绝向我左手的'作家'发展。"音乐家和作家的双剑合一足以让艾里森的艺术身份得以在音乐和文学之间以一种两全其美的方式呈现出来。这个在二十六岁时就梦想着创作一部交响乐的年轻人发誓忠诚于小说家族，最后写出了《看不见的人》，一部既有交响乐的痕迹，又富有爵士乐节奏的小说。

尽管《看不见的人》是他的第一部小说，但在写作艺术上是他的巅峰之作。因为在代顿，以及后来在纽约的一段时间里，艾里森慢慢掌握了一个初学者应该掌握的写作技能。早些时候，作为塔斯基吉学院一名有抱负的音乐家，他在中学就经历过惨痛的教训。在《切霍车站的小个子男人》①这篇文章中，他回忆了一场公开的演奏会，因在演出中"用嘴唇和手指的某种技巧代替了艺术表达的情感"，他尴尬地遭到了老师们尖刻的批评。钢琴演奏家和知己哈泽尔·哈里森②私下里的批评给了他一些宽慰，也更有益，哈里森在欧洲时曾受到费鲁乔·布沙尼和谢尔盖·普罗科菲耶夫的赞赏。哈里森的诚实给予了艾里森开启艺术家和观众之间关系的钥匙。"你必须一直保持你的高超技艺，即使只是在切霍车站的候车室，因为在这个世界里，永远会有一个小个子男人藏在炉子后面，他懂得音乐，懂得传统，懂得演奏技艺的水准，无论你演奏什么。"哈里森的话给艾里森留下了深刻的印象。他接受了这项非常严格的训诫，决心从事表演或写作时就仿佛切霍车站的那个小个子男人一直在他身后关注他一样。

---

① *The Little Man at Chehaw Station* 是拉尔夫·艾里森最著名的一篇散文，最初在 1978 年发表于《美国学者》杂志，副标题为《美国艺术家及其观众》。切霍车站是亚拉巴马州西部铁路上的车站，服务于塔斯基吉地区。
② 哈泽尔·哈里森（Hazel Harrison，1883—1969），非裔美国钢琴演奏家，她是第一位完全在美国接受音乐训练而与欧洲管弦乐队一起演出的演奏家。但由于她的种族，她被拒绝进入美国许多主流音乐厅。尽管被黑人媒体誉为首屈一指的黑人钢琴家，却没有得到美国白人的广泛认可。

在一段未注明日期的沉思中,艾里森回顾了他曾经在塔斯基吉当小号手时忽略的"情感结构"的表达。他概述了三部19世纪小说的影响——《呼啸山庄》《无名的裴德》《罪与罚》,当时他还是大学生,第一次发现了小说的艺术魅力。"奇怪的是,"他补充道,仿佛他已经拥有了作者的灵魂,"这些让我如此感动的作品并没有把我感动到试图去写一部小说的程度。"反而,是诗歌——艾里森1935年在塔斯基吉读到了艾略特的《荒原》,激发了他一种狂野的想法,即小说比音乐更具有真正的艺术魅力。他永远忠于自己对音乐的热爱,当他读着艾略特诗歌的片段,听着路易斯·阿姆斯特朗以"唐人街"为主题的两百首合唱曲目;艾里森觉得,正是对传统、方言和古典音乐的精通,才使得爵士乐演奏者和诗人一样;用"看不见的人"的话说,就是"溜进幕间,环顾四周",然后以独创的个人风格即兴创作。

艾里森的回忆并没有解开这个谜团:为什么一个有抱负的交响乐作曲家和小号演奏者会从音乐的创造性表达转向小说写作。他很感动,尽管是在潜意识里雄心勃勃地创作交响乐时那种平静如水的感动。在《荒原》之后,艾里森读了埃德蒙·威尔逊1931年研究现代主义作家的著作《阿克瑟尔的城堡》,最后喝了一杯苏联马克思主义的烈酒;然后读了艾略特注释中提到的资料,以及他能接触到的尽可能多的其他现代诗人和评论家的作品。塔斯基吉学院的图书馆藏书丰富，艾里森在学校里发现了艾略特、乔伊斯、庞德、叶芝、康拉德·斯坦、海明威等人，并在那里第一次读到他们的作品，这是他一生的骄傲和快乐的源泉。

最后，艾里森在解释他第一次萌生成为作家的想法时，回忆起了海明威散文赋予他的顿悟——"它的魔力变成了我眼中一道特殊的闪电，通过它，场景与动作变得栩栩如生"。后来，艾里森写了《飞行家园》这样的故事，之后是小说《看不见的人》。他发现美国语言和非裔美国人传统比海明威喜欢的冷酷话语和态度更广阔、流畅、兼收并蓄。但在30年代，作为一个试图学习写作的年轻人，"在海明威的作品中，我发现了一些同样打动我的调侃特色，这种特质在诗歌中暗示的东西远远多于明示的东西"。艾里森意识到的这一技巧给写作带来了一定的困难，这些困难与他所处的独特的美国环境所面临的挑战是一样的。"因为我发现，"他在《影子与行动》的序言中说，"对一个黑人作家来说，最大的困难是揭示他真正的感受，而不是炮制黑人应该有的感受，或者被鼓励去感受。"

学习写作中，艾里森修正了海明威的信条。他没有抓住海明威所说的"真正了解你真实的感受"这个难点；相反，他意识到作为美国黑人这个少数群体的一员所隐含的（和明确的）危险，他着重强调的不是他感受到了什么——他知道——而是如何用修辞来表达。（这一点艾里森将在《看不见的人》中有天才的表现，从开头的断言——"我是一个看不见的人"——到结尾——"谁知道我不是在替你说话,尽管我用的调门比较低?"——这位同名的主人公讲述了他在一系列的爵士乐停顿中的感受,从低音开始,然后回到低音。)当艾里森在成为作家的思考中写到海明威的散文"不像我所熟悉的散文那样直截了当,节奏更短、更完整"时,他想到的是爵士乐中的停顿、切分音和节奏感吗?

艾里森指出,海明威"从最沉闷、随意、低调的效果中提炼出深厚的情感"。海明威勇于挑战"传统的困难",以及散文的节奏和"低调效果",这些吸引了艾里森对自己艺术情境的感觉。他解释说,正因为如此,"几年后,当我开始尝试写小说时,我选择以海明威为榜样"。上大学时,他在理发店的《时尚先生》杂志里读过海明威的故事,在塔斯基吉图书馆里读过海明威的书。后来,在1937年至1938年的冬天,他开始感觉到海明威变得越来越火,艾里森在1984年写给约翰·罗奇的信中回忆道,他每天"从黑人区步行一英里[①]左右到代顿市中心",找到一份《纽约时报》,"阅读海明威在西班牙内战中的书信,研究书信的内容与风格"。

对年轻的艾里森来说,风格是艺术性和个性的象征。艾里森还是一个男孩时,生活环境从边境地区向俄克拉何马州的迅速转变,

---

① 1英里约合1.6公里。

让他经历了1921年臭名昭著的塔尔萨暴动①,以及由多年候选人终成州长的"苜蓿比尔"默里所带来的谎言与《吉姆·克劳法》②。艾里森后来在《影子与行动》中写道:"渴望每一位有优良品质的黑人,占用、拥有、重新塑造群体和个人形象。"他与俄克拉何马州几个少年时期的黑人朋友一起,梦想着成为文艺复兴时期的人,这在很大程度上是因为大多数人绝不会将优雅风格的主张与如此崇高的理想联系在一起。"赌徒和学者,爵士音乐家和科学家、黑人牛仔、西班牙裔美国人和参加第一次世界大战中的士兵,电影明星和特技演员,意大利文艺复兴时期的人物和文学作品,既古典又流行,都结合了当地私酒商的独特优点、黑人传教士的雄辩、当地运动员的力量和优雅行为、商人医生的冷酷行事作风以及旅馆接待人员的得体衣着和文雅举止。"艾里森和他的朋友们试图从这些人身上创造出自我的混合模型。尽管这些类型在他早期的小说中并没有出现,但他们试图颠覆世界、改造现实的风格与感受,在艾里森的散文中都有体现。

3

继《看不见的人》之后,艾里森几乎沉浸于他埋头创作的小说

---

① 塔尔萨暴动,是指在1921年5月31日至6月1日,美国白人攻击俄克拉何马州塔尔萨格林伍德的非裔美国人社区的居民和企业,并屠杀非裔美国人,这被视为美国历史上最为严重的种族暴力事件之一。
② "苜蓿比尔"是默里的外号,《吉姆·克劳法》是他在俄克拉何马州推行的种族隔离法案。

中。他的第一部小说取得了惊人的、出乎意料的成功，加强了他修改、修改、再修改的倾向，只有这样他才能慢慢地对自己的作品感到满意。尽管如此，在他生命的最后一年里，这些短篇小说总是出现在艾里森的意识中。

我最后一次见到他是在他的公寓，在他病入膏肓之前。1994年2月一个晴朗而寒冷的下午，距离他八十岁生日还有十天，艾里森和我提及这些小说，"正是这些转变给了我发泄情感的机会，我非常享受"，然后他告诉我，他想出版这些短篇小说（几个月前，我把已发表的故事收集起来，装在活页夹里寄给了他）。现在，他暗示可能还会有更多的故事，并开玩笑说，这些文档被艾里森夫人藏在他们公寓长廊外堆满了书的"小房间"里。他把目光转向窗外，一只孤独的海鸥正在哈德逊河的上空与海浪博弈。直到两年之后的2月，一个刮风的下午，我去寻找某些小说，我才想起了他所讲的话。

"约翰，"艾里森夫人说，"餐桌下面有一个盒子，你找一找看。"我仔细地翻找着，在旧杂志、剪报和小说的复印本下面，我发现了一个棕色的仿皮文件夹，上面印着金色的拉尔夫·W. 艾里森的名字，鼓鼓囊囊的手稿放在一个马尼拉纸文件夹里，上面写着"早期小说"。那些小说的纸张由于年代久远已经发黄，还有些都破损了，也有被划掉的段落，显然是拉尔夫修改过的。

我意识到这些故事从来没有发表过，从来没有人提起过——是没有人知道的故事。令我惊讶的是，我发现即使是艾里森夫人也不知道这些小说，后来经过确认，除一两篇小说之外，我从未在艾里森的小说中读到过这些故事。无论如何，这些珍藏的小说为当前这本集子提供了动力和一手材料。首先，我推迟了收集艾里森已经发表的八篇小说的工作——《希克曼的到来》(1960)、《屋顶、尖塔和人民》(1960)、《总是爆发》(1963)、《六月庆典》(1965)、《晚上一谈天》(1969)、《纯真之歌》(1970)、《卡迪拉克·弗莱姆》(1973)和《回击参议员的请求》(1977)——这些小说等待出版。《你做过幸运梦吗？》(1954)、《走出医院和酒吧》(1963)，都是《看不见的人》的初稿部分，讲述的是艾里森笔下不可或缺的民间角色玛丽·兰博的故事。《斯利克要学习》(1939)和《胎记》(1940)间接地与在代顿所写的小说《斯利克》有关，但之后一直被搁置了。

发现了不止六个早期的故事，就有可能将艾里森已出版和未出版的最好的独立小说合集成册。从我早先收集的三个早期巴斯特和莱利的故事——《杜桑先生》(1941)、《下午》(1940)和《我有一双翅膀》(1943)，到后来的兄弟篇《一个被割头皮的印第安人》(1956)。(在1954年或1955年的一批笔记中，艾里森把《一个被割头皮的印第安人》称为一个轰动一时的故事。但在1956年出版之前，他放弃了莱利这个名字，转而开始了没有名字的叙述者，也许是因为他认为可以将这个故事融入他最近开始的第二部小说的俄克拉何马章节中。但最后他没有这么做,所以这个故事成了早期巴斯特和莱利小说的终曲。)还有另外三个故事,《陌生的国度》《宾果游戏之王》和《飞行家园》,写作并出版于1944年,当时艾里森还在商船队服役——一年后,他写下《看不见的人》中那神奇的第一句话。

他有生之年未出版的这六篇小说——《广场上的派对》(艾里森尚未命名)、《火车上的男孩》《海米的公牛》《我不知道他们的名字》《难以跟上》(也未命名)和《黑球》——我很难推算出写作的时间,除了《海米的公牛》,艾里森没能记下这些故事的创作日期。其中四个故事——《广场上的派对》《火车上的男孩》《我不知道他们的名字》和《海米的公牛》——都被贴上了"早期故事"的标签。(其中,《我不知道他们的名字》的最终手稿的第一页上面,用黑墨水写着艾里森1940年居住的地址:纽约市汉密尔顿街25号。打字机留下的印记十分相似,足以表明除了《海米的公牛》之外,这些故事的最终手稿都出自纽约)。两个故事梗概——《调酒师》和《一个男人的女人》;一个被反复推敲过的故事,情节时而夸张,时而平淡无奇;以及有不同篇名的《一个在等待的人》《晚安,艾琳》和《艾琳,晚安》也在"早期故事"文件夹里。在其他地方,我找到了《难以跟上》和《黑球》的手稿。因为没有全部完成,也没有修改,从信头的字体来看,可以猜测这两个故事是艾里森在1937

年底至1938年4月于代顿疯狂写作几个月期间的草稿。那时他参与WPA的纽约作家写作项目来维持生活，一直到1942安吉洛说服他成为《黑人季刊》总编辑。

我没有把《一场大风暴》列入。[①]这个故事就像《陌生的国度》一样，写于1944年，故事发生在威尔士，当时艾里森正在横渡北大西洋的商船上，前往斯旺西港和其他地方执行任务。他在1944年写了两份草稿，很显然又把它放在了一边，夹在同年朋友的一封赞扬和批评的长信中。受乔伊斯和海明威的影响，《一场大风暴》有好几个遐想集中在杰克·约翰逊身上，后来又集中在主人公（和艾里森）的自传上，这与他母亲去世后爱上威尔士与俄亥俄州风景相关联。没把这个故事放在里面有点遗憾，因为艾里森对这个故事情有独钟，在去世前的十多年间，他把它列入了爱不释手的作品之列。我忽略了这一点，尽管艾里森的作品引人注目，具有强大的感染力和深远的文学影响，但这个故事某些部分不能构成令人信服的完整故事。

编辑艾里森的故事时，我发现自己在复述埃德蒙·威尔逊与现代语言协会之间关于死后版本本质的争论。应该清楚的是，当前的版本主要是读者版，不是注解版或学术版。在大多数情况下，我对

[①] 约翰·F.卡拉汉编辑整理的此部短篇集于1998年首次出版时未收录此篇目。但在2016年，此书被纳入"企鹅经典"书系再版时，又将这篇作品纳入其中。本书译本依据2016年英文原版书翻译，因此，卡拉汉在后文中称此书收录十三个故事，实则为十四个故事。

已发表的和未发表的故事所做的改动都是细小的文字编辑的修改。例外的情况在文本中用括号表示。例如，在《黑球》故事中我在艾里森描述小男孩时插入了注释。在《海米的公牛》开头我恢复了先前草稿中的一个句子，显然在最终版本中被无意地遗漏了。最后，两篇艾里森没有拟篇名的故事，我拟的篇名出自手稿中的短语。

本书记录了艾里森对美国主题的发现。在技巧、风格、题材和环境上，这十三个故事展现了这位年轻作家在20世纪30年代末的潜力和可能性，以及他在40年代中期逐渐走向成熟的过程。当时他并不知道，他已经有了《看不见的人》的构思雏形。我选择的顺序跟随了艾里森所熟悉的生活，以及从二十岁到三十出头的少年时期到三四十岁的成年时期所梦想的生活。从故事中可以看到不同的面孔。有时，宽容和谨慎的融合打破了种族的界线，而在其他场合，难以言喻的残酷和暴力行为会使艾里森笔下的美国人颜面尽失。20年代，具有欺骗性的《吉姆·克劳法》在这里被视作"正常"；第二次世界大战期间，大萧条的冲击和黑人经历的机遇与对抗也随之出现。在这些故事中，艾里森尝试了叙事技巧、视角以及地理对个性的影响等手法。读了这些故事，你会了解从1920年到1945年之间黑人经历的变化与伪装。艾里森对当代现实的忠诚使他能够在自己的作品中留下永恒的时代烙印，就像在《飞行家园》中所描绘的，这是一个年轻人经历了失落和孤独后"回到人世间"的原型。

4

艾里森在一页未注明日期的便条上面写着"故事集",后面是"私刑与飞机的故事。让范妮抬起头"。但我没有找到之前提到的没有题目的故事《广场上的派对》。不管怎样,正如艾里森在评价海明威的技巧与效果所说的那样,这部小说充满了力量,因为这个故事证明了"海明威传统手法写作的困难"。他通过辛辛那提白人男孩讲述他在拜访亚拉巴马州的叔叔时所经历的一次残酷的私刑,定义了他在《20世纪小说和人性的黑色面具》(1946)中所说的"世间隔离",这超越了美国当代文学中挥之不去的叙事色彩理论。就像被私刑的黑人受害者一样,毫无疑问,艾里森的白人叙述者没有指名道姓,他渴望匿名。然而,当黑人男子愤怒时,他所看到、听到、闻到、触摸到和感觉到的一切,都只表现在男孩的感觉、言语和观点上。

艾里森以作者的身份偷偷溜进了故事的间隙,打量年轻白人叙述者的肤色。这个故事把作者的克制和叙述者对这个夜晚的冷漠、恐惧与羞愧交织了起来,使故事显得更加紧凑。这个男孩随口说出的语言,自然地变成了自我意识。在他最后临终的话语中,男孩试图表明又掩饰他对被谋杀者的尊重。"这是我的第一次派对,也是最后一次。天啊,那个黑鬼真坚强。那个黑鬼,是个真正的黑鬼!"黑鬼的重复否认、肯定,再一次否认了人类的神秘与平等。

艾里森巧妙地演绎了他所谓的"惊天动地的勇敢言辞",他觉得19世纪的经典小说在20世纪20年代让位给现代主义之后,"个人对民主的道德责任感"几乎从美国文学中消失了。在《广场上的派对》中,他从一个不带道德观念的角度想象了一场私刑。他的技巧迫使读者体验极端情况下每个人的处境,而这一切都是由一个只专注于观察而非见证的陌生人来掌控的。除了那个黑人受害者之外,参与者和旁观者都是来自四面八方的白人,他们被"巴科特黑鬼"缓慢而痛苦的折磨弄得心烦意乱,因为叙述者对被判死刑的人犯了什么罪或侮辱了谁没有丝毫暗示,也许他也不知道。耐人寻味的是,艾里森在近五十年之后的《狂笑》中谈到了关于私刑的意义,似乎是对他早期故事的一种注解:"因此,他们对痛苦的哭喊充耳不闻,他们看到眼前烧焦肉体闻到发出的恶臭面无表情,他们兴高采烈、荒诞而自以为是。"事情就是这样。不久,故事中的围观者被一个女子身上发出的咝咝声吓坏了,这名女子被一架飞机撞上的电线电死了,而飞机的飞行员是在一阵混乱和愤怒中,把私刑的火圈误认成了机场的信号弹。但私刑者的强烈反应是短暂的,他们又回到日常的生计中,仿佛只有真正的世界末日才能把他们的注意力从那个活活烧死的黑人那里吸引过来。

叙述者并没有提及私刑和飓风之间存在的人性和自然畸变的对比。他的道德理念是不承担责任的承诺,就好像准确性依赖于中立性一样。艾里森的读者必须学会正确的理解技能。例如,叙述者在看到他和"他的手下,手里拿着闪闪发光的枪,大喊大叫地把那些人赶回去"的时候,才会理解警长的存在——朝着那个被绑在着火平台上的黑人,把他们从致命的电线上拉回来。不用说,警察是在利用斡旋执行非法私刑。这就是海明威所说的"制造情感的和事实的顺序",以此来传达效果。随着故事无情地向暴力发展,叙述者的超然变得更加令人毛骨悚然,因为他与"黑鬼"以及他自己的良心都没有任何关系。他的感觉局限于知觉条件的单纯感觉,他的反应是如此平淡和单向,唤醒读者更敏锐地了解正在发生的事件。然而,年轻的白人证人以隐喻的方式证明了黑人的痛苦是最难以磨灭的记忆。"我永远也忘不了这个场景,每次吃烤肉时,我都会想起那个黑鬼。他的背就像一只烤猪。我看到他脊背上肋骨的棱角,从脊骨开始,然后向下弯曲。黑鬼的后背是一幅令人难忘的心惊肉跳的画面"。但男孩最明显的反应来自他的内心,当他感到羞愧的时候,他吐了出来。"我病倒了,感觉很累,又冷又虚弱"。他的感觉是他的反应,它们代表着对他曾被教导不要质疑的价值观的抵制。后来,叙述者说,"大风一连刮了三天三夜",以一种本能的语言行为,反复证明了被谋杀者的坚强。在他身后,艾里森巧妙的写作手法让读者感到,所发生的一切不会在大自然或人类风暴之后烟消云散。

《广场上的派对》是很反常的。故事由一个白人男孩讲述,为艾里森在接下来的故事中探讨非裔美国人的生活和性格搭建了一个鲜明的背景。在《广场上的派对》和《飞行家园》之间（"……有人告诉我，我在马肯郡引发了一场风暴和一起绞刑事件。"《飞行家园》里的老黑人杰弗逊在他的民间故事中说），这些故事再现了艾里森设想的黑人人生轨迹，从童年到青年再到成年的经历。与《广场上的派对》不同，这个故事里事实和感觉占据了整个意识，其他的故事则依赖于角色的"自觉意识"。在《广场上的派对》中年轻的白人叙述者幸存下来却没有探究事情的缘由。在这个亚拉巴马州的小镇上，他的反应越弱，他就会过得越好。但艾里森笔下的其他叙述者和角色却并非如此。作为美国黑人，他们的生活既取决于黑人对生活的了解，也取决于他们如何生活。

在《火车上的男孩》中，詹姆斯不久前失去了父亲，他和母亲、弟弟一起从俄克拉何马城乘车前往麦卡莱斯特，在那里，他的母亲找到了一份家政工作（艾里森也和他的母亲及弟弟赫伯特踏上了这段旅程，并在麦卡莱斯特待了一年）。《火车上的男孩》以家庭为中心，主人公小詹姆斯在父母的影响下来观察世界。在这个故事中，詹姆斯在孩提时的经历与人们对他的期望之间摇摆不定，人们期望他做个普通人。从他孩子般的眼睛里，他看到白人对黑人的不同看法，好奇其中的原因，在缺乏解释的情况下，他依靠警觉和机敏来掩饰危险。他的好奇心驱使他去了解事物看起来如何（和应该是什么样子）与它们是怎样的之间的区别。他注意观察火车车窗看到的世界和世间传统模样的区别；他看到的那头牛看起来"像婴儿图画书里的母牛，只是头上没有蝴蝶"。

在早期的三部关于巴斯特和莱利的故事中，艾里森戏剧化地描述了他少年时期的感受——记得是在《影子与行动》中——"强迫对自由的限制并没有减少我们的责任感"。我们不仅要做好准备，而且要付诸行动——不仅要有能力，而且要有一种奋不顾身的精神，也许我们会说（不是让人联想到那种古怪而可疑的黑人身份概念的情况下），这就是美国黑人的风格吗？这两个男孩追求艾里森所说的"多种多样角色的表现"，他们渴望摆脱家庭的保护伞，在更广阔的世界里自由飞翔。

在《杜桑先生》中，巴斯特和莱利以一种相互呼应的方式即兴表演了一场关于杜桑·卢维杜尔[①]英勇无畏的行为，他们使用象征性的语言大胆密谋去被禁止进入的白人罗根家偷樱桃。因此，在《下午》中，男孩们因无所事事以及与老辈黑人加剧的冲突而被激怒。莱利的父亲威胁要"揍他"，以恢复老奴隶所受的惩罚，而巴斯特对他母亲的易怒更加不满，因为他知道"每当她和白人出了什么问题"，他的母亲就会暴跳如雷。在《我有一双翅膀》中，当去教堂做礼拜的凯特姨妈让莱特停止念叨上帝的名字和《吉姆·克劳

[①] 杜桑·卢维杜尔（1743—1803），是海地革命中最杰出的将军和海地革命领袖，被称为"海地之父"。

法》，孩子们用自己的好奇心和永不满足的渴望来挑战自然的极限。但是当他们密谋教小鸡飞的计划杀死了小鸡时，凯特姨妈像死神一样重新出现，而巴斯特和莱利不得已接受了现实。

《一个被割头皮的印第安人》讲述了一种仪式，其叙事风格给人一种即时性和回顾性的双重体验。孩子们在远处的树林里欢度嘉年华时，当他们听到令人讨厌的小号，巴斯特即兴创作了一首诗释放听到的自由飞翔的音乐：

所以你就不演奏了，嘿？
所以你就不演奏了，嘿？
跺跺你的脚，拍拍你的手，
因为我要带他们去乐土……

"伙计，如果白人知道那个傻瓜在小号上象征着什么，他们会把他赶出这个世界……"

但正是这个叙述者，最近像巴斯特一样"被剥了头皮"，在老麦基阿姨那间被禁止入内的小屋里，他无意中了解，别人可能会因此把他赶出"我们的世界"。茫然中，他从那模糊、孤独的成年男子与这个老女人的邂逅中走出来，这个女人像月亮一样神秘而又神奇，她那赤裸的身躯，秀发下掩藏着满脸的皱纹，向他传达着青春的希望和美丽，以及性感如潮水般的吸引力。"一切都是真实的。"他惊奇地脱口说道。独自一个人的夜晚，他敏锐的感官被大自然的景象所触动，叙述者细致入微的情感突变，让他对生命和世间神秘的可能性敞开了情感沟通的心扉。

《海米的公牛》和它是同类故事。《我不知道他们的名字》是关于谨慎、暴力和令人惊讶的温情小说。这两个故事都重现了艾里森在30年代初搭货运火车的经历。《海米的公牛》讲述了一个没有名字的年轻人独自上路，和他的同龄人一样无处可去的故事。在《我不知道他们的名字》中，另一个没有名字的年轻人在亚拉巴马州的某个地方流浪——就像艾里森在1933年夏天上大学那样。在每个故事中，叙述者都以第一人称复数开头，仿佛乘坐的铁轨赋予了穷困潦倒的人兄弟般的情谊，就像船上的船员一样。在《海米的公牛》中，我们从头到尾都在坚持，时而又转换成你们，当艾里森的叙述者向听众伸出了求救之手时，而我，见证了"公牛"警察无缘无故攻击海米，海米用刀杀死"公牛"。在艾里森笔下的叙述者眼中，海米是个"斗牛士"，他突然亮出的刀是一把短剑。《海米的公牛》也成了一个逃跑的故事，因为年轻的黑人叙述者和他的同伴们在蒙哥马利的院子里排成一排，面对两头喷着鼻息呼哧带喘的亚拉巴马公牛，准备为死去的同伴报仇，他们必将会被殴打、监禁，或者遭受更糟糕的惩罚。年轻的流浪汉们"高兴得要命",坐在货运车厢的顶上,他们远离了杀戮现场和几年前附近发生的"斯科茨伯勒诬陷案"。

《我不知道他们的名字》开头很像《海米的公牛》的叙述者,只是更有经验地在讲述另一个故事。这里的我们指的是叙述者和他的伙伴,很快就变成了我,正如他所说的莫里,一个有假肢的白人,把他从两辆车之间救了出来。像《海米的公牛》一样,《我不知道他们的名字》随着叙述者所搭乘的货运火车的节奏行进着,有时平稳,有时急速,有时因车厢碰撞而剧烈地颠簸,突然连接车厢、断开车厢,然后返回又缓慢地向另一个未知的方向驶去。就像他的后续作品《看不见的人》一样,叙述者是个人化的,甚至是隐秘的。他坦白道:"那些日子里,我很难做到不去憎恨。"随后对种族偏见做出了深思熟虑的思考,"我依旧在莫里的帮助下与流浪汉打架。但是我已经学会了不去攻击那些没有攻击性的人,那些只是被动地表达所学到的东西的人"。这个年轻人生动地回忆起从科罗拉多州到堪萨斯州再到俄克拉何马州的乡村生活,也许就像艾里森在回忆和他的高中乐队去丹佛旅行时那样。无论如何,叙述者在一节车厢里遇到的那对互相抚摸的老夫妇,对他很友好,几乎到了无微不至的程度。一直保持匿名的《海米的公牛》的叙述者不确定自己的身份,但他表达了知识和语言的复杂性,并透露他是在亚拉巴马州迪凯特监狱服刑期间了解斯科茨伯勒的,"在我坐牢的那些日子里,常常想起那对老夫妇,很遗憾不知道他们的名字"。当然,他学到的远不止这些。艾里森(和他笔下的人物)再一次渴望民主平等;就像马克·吐温的木筏和梅尔维尔的捕鲸船一样,铁轨在面对暴力、危险和种族仇恨时,为友爱开辟了道路。

《难以跟上》《黑球》和《宾果游戏之王》是年轻的黑人男孩为了生存,在机会渺茫的大千世界勇于尝试寻求机会的故事。在这场生活的游戏中,凶多吉少,除非你赢得了大奖。就像《难以跟上》中被雪覆盖的电车轨道一样,种族的界线一直都存在,无论是看得见的还是看不见的。在距离梅森-迪克森不远的一个不知名的小镇上,两名躺在餐车上的服务员,还有《黑球》中一栋公寓楼的看门人和勤杂工约翰,他们感觉到的是真实的种族分界线。和其他早期未发表的故事一样,《难以跟上》是由一位身份不明的叙述者讲述的,只是他的朋友乔偶尔提到了艾尔。他看到了《吉姆·克劳法》的阴谋,常常处于愤怒的边缘。这个故事讲述了两个男人冒着大雪来到镇上黑人居住区最好的公寓的故事。他们不想自找麻烦,但他们预料会有麻烦。然而,当一件看似丑陋、充满性指控的种族事件变成黑社会人物艾克和他在体育界的黑人朋友查理之间的赌博时,乔和艾尔忍无可忍地笑了起来。在海明威的余音中,艾里森彻底颠覆了《杀手》[①]中平淡无奇的危险和绝望。

在《黑球》这个故事中，游戏和叠牌是对《吉姆·克劳法》最恰当的比喻。也许，这是未出版的故事中最巧妙的构思。叙述者约翰对自己的儿子充满了父爱。他意识到，不管他做什么，这个男孩都会——事实上，已经开始了——接受"旧球赛"扭曲的规则。《黑球》以美国西南部为背景，与其他未发表的小说一样，是写在蒙哥马利县共和党执行委员会信笺上的，通过叙述者对南部和西南部差异的敏感描写，呈现出微妙的对比。"难道不知道我们不怕用这种方式对付他这种人吗？"约翰在得知这名男子的手被汽油灯烫伤之前，对这个乡巴佬的刻板印象做出了本能的反应，因为他坚持要为一名黑人朋友在亚拉巴马州强奸一名白人女子的错误指控提供不在场证明。约翰听到这个故事，看到那人的手，他渐渐打消了对他的怀疑。在早期的故事中，艾里森笔下的非裔美国人表现出一种坚定的意愿，他们要克服对白人的敌意，停止对白人的不信任，也许要为成为兄弟的意愿而努力，在这种情况下，出现了一个试图组织黑人和白人大楼服务工作者的联盟。约翰对白人组织者被烫伤的双手的记忆，再加上老板威胁让他滚蛋，以及小男孩提出的那些幼稚的问题，都促使他产生了这样的想法，也许原来的白色球还暗藏着其

[①]《杀手》(The Killers)是海明威最著名的短篇小说之一。

他颜色。

《宾果游戏之王》以第三人称叙述了一个从南部来到哈莱姆区的新移民,想通过宾果游戏获得幸运的头等奖。他急需钱为妻子治病,因此转动轮盘成了他生命中的动力、他的上帝。宾果之王体验了利昂·福雷斯特[①]的"低频发光体"中那样的恶魔般的力量,这种力量与艾里森具有挑衅的想象联系在一起。按下这个按钮让他感到如此自由,直到他被保安强行带走才放手。其中的一名保安在看到轮盘指针停在双零与头奖时对他举起了棍棒。双零是他的命运;"赢家什么都拿不到",只会在幕后挨打。毫无疑问,在他获释之后,他还会再次被关进监狱或警察局里。《宾果游戏之王》预示着《看不见的人》中的流动性、暴力、混乱和超现实所应该付出的代价。

在专注于身份之谜的同时,《陌生的国度》也在《看不见的人》中有所暗示。在这个故事中,"复杂的身份问题的答案是音乐问题",罗伯特·奥米利在《拉尔夫·艾里森的技艺》一书中写道,"艾里森心中的音乐暗示着爱与民主"。在他痛苦的自我意识中,主

[①] 利昂·福雷斯特(Leon Forrest,1937—1997),非裔美国小说家,创作了大量融合了神话、历史、传奇和现实的小说。他的第一部小说《有一棵树比伊甸园更古老》(*There is a Tree More Ancient than Eden*)出版于1973年,包含了拉尔夫·艾里森为其写的前言,托妮·莫里森作为出版编辑。他最后一部小说《神圣的日子》(*Divine Days*)被誉为非裔美国人小说中的《战争与和平》。

人公帕克意识到，当同为美国佬的军人们弄伤了他的眼睛后，他与威尔士人成了朋友，他是真正的美国人。正如艾里森多年后所写的那样，他们认识到"黑人身上有无可争辩的美国特色"。让帕克承认这一点并采取行动是件多么痛苦的事情。当威尔士合唱队高唱《星条旗之歌》时，"仿佛要背叛他，他听见自己的声音像突然放大的收音机一样"。在潜意识里，"陌生的国度"与其说代表威尔士，不如说代表美国。和许多美国人一样，帕克在海外发现了自己的美国形象。帕克在威尔士看到的第一个白人同胞无缘无故地攻击了他，他内心里对美国充满了矛盾，认为美国既是"可怕的不祥的梦之国"，也是他在家乡体验各种即兴演奏的理想之地。他自言自语说："先生，当我们相聚的时候，我们就是即兴手艺人。"当被问及**"从幻想中解脱感觉如何？"**看不见的人会回答："痛苦而空虚。"早些时候，在《陌生的国度》中，帕克声称美国"没有幻想"。他为自我定义所做的斗争预示着艾里森的愿望，这一点在他1981年出版的《看不见的人》三十周年纪念版的导言中有所表达，"创造一个既能思考又能行动的叙述人物"，具备"有意识地自我主张的能力"，是"浮躁地追求自由的基础"。与这些故事中的其他叙述者和人物一样，帕克预言了艾里森的创作，《看不见的人》一书中这样写道，"对伤痕发出忧郁的笑声，在对这种人类境况的控诉中也包括他自己"，因此他能更好地观察并接受多元的世界。

《广场上的派对》和《飞行家园》一样也属于这个系列。故事中预先就出现了《看不见的人》中的隐形能力、祖父的谜题,以及艾里森在《看不见的人》中运用的独奏和停顿技巧。在《飞行家园》中,艾里森笔下的北方主人公向乔伊斯笔下的斯蒂芬·迪达勒斯点头致意时,他相信自己已经学会使用计谋来逃避种族、语言和地理的限制,迫使他直面南方这个陌生的"古老国度"。托德是伊卡洛斯①的文学传人,他是塔斯基吉黑人航空学校的一名黑鹰队员,他的飞行离太阳最近,降落在亚拉巴马州的乡村。与他的神话祖先不同,他被杰弗逊救回。杰弗逊所说的民间故事和行为举止,使托德认识到了他在哪里以及他是谁,他因跟随老黑人农民和他儿子走出迷宫般的亚拉巴马山谷而再生。早些时候托德把笑和羞辱联系在一起,但在故事的高潮部分,老杰弗逊利用混乱请来救援,把他从危险中拯救了出来,托德从内心深处爆发出一阵大笑。

在1981年《看不见的人》的前言中,艾里森回忆起他作为飞行员时如同"两个世界的人",他"觉得自己在两个世界都被误解了,所以在两个世界他都不自在"。艾里森颇有远见地总结说:"我和隐形人没有任何关联,但很明显患有某些共同的症状。"而且,艾

---

① 伊卡洛斯是希腊神话中代达罗斯的儿子,与代达罗斯使用蜡和羽毛造的翼逃离克里特岛时,因飞得太高,双翼被太阳熔化而跌落水中丧生。

里森补充说,他继承了隐形人最终的、合格的、兄弟般的、民主的乐观精神。"一股暖流在老男人、小男孩和他自己之间流动",这使得托德把秃鹰——他在飞行训练中害怕又认同的"吉姆·克劳"中的一员——当作一种飞行的象征与自由。在故事的最后几句话里,他"看见那只黑鸟飞向太阳,像一只燃烧的黄金鸟一样闪闪发光",也许是一个预言性的画面,灵感来自莱昂内尔·汉普顿的标志性爵士乐《飞行家园》,也在艾里森《看不见的人》中胜利翱翔。

5

总而言之,这些短篇小说表明了艾里森在其五十五年写作生涯中对美国身份的一贯看法。在《黑球》中,小男孩问他的父亲别人在他之前问过、之后的人仍然会问的种族界线问题。"爸爸,棕色比白色好得多,是不是?""有些人是这么认为的。"他的父亲承认,"但是,孩子,美国人比那两者都好。"他的回答表明了艾里森相信一个共同的——不是相同的,而是共同的——民主的身份。简而言之,这是艾里森的信条。就像这个很久以前故事的叙述者一样,他发誓效忠美国及其所代表的理想,意识到国家的现实和原则之间存在距离。对艾里森来说,对美国的这一理念的揭示是小说最想实现的。正如他在一位朋友的书上所写的那样,他认为每一个地方都是一块领土,"永远值得寻找,永远值得怀念,但永远都存在"。关于他的短篇小说,我们可以概括为:它们把拉尔夫·艾里森带进了小说的领域——走向了《看不见的人》,带着货运列车上可怕的、友爱的、"低频率的"民主,进入了他小说创作的未知广阔领域。

约翰·F.卡拉汉

1996 年 11 月于华盛顿特区

广场上的派对

我不知道发生了什么。一群人从我叔叔埃德家门前经过,他们说广场上要开派对,我叔叔大声喊着叫我快点跟上,我和他们一起在漆黑的夜里冒雨向广场走去。我们到达广场时,大家有些气愤,安安静静地围着一个圈,看着那个黑鬼。有些人有枪,一个男人一直不停地用枪管撩着那个黑人的裤子,说他要扣动扳机,但他从来没有这样做。就在法院门前,塔楼上的老钟敲了十二下。冰冷的雨落下来的时候冻得要死。每个人都很冷,那个黑鬼不停地用胳膊抱住自己,试图让身体停止颤抖。

这时,一个男孩从人群中挤了过去,一把扯下那个黑鬼的衬衫,他站在那里,黑色皮肤在火光的映照下瑟瑟发抖,脸上带着惊恐的表情看着我们,然后把双手插在裤兜里。人们开始大喊大叫着要赶快杀了那个黑鬼。有人大叫着:"黑鬼,把你的手从口袋里拿出来!我们一会儿就有足够的热量了。"但是那个黑鬼没听他的,他的手还放在裤兜里。

说实话，雨水真的很冷。我不得不把手插在口袋里，因为手太冷了。火堆很小，平台周围堆放了一些木头，黑鬼站在平台上，有人往火堆上浇了一些汽油，可以看到火焰照亮了整个广场。已经很晚了，路灯已经关闭了一段时间。广场上矗立着的将军铜像光彩夺目，活灵活现。他那发霉的绿色脸上的阴影，让他看上去仿佛在对黑鬼微笑。

他们又浇了汽油，使广场变得明亮起来，就像打开了灯，也像太阳落山时一样红。所有的马车和轿车都停在路边。不过不像星期六，没有黑鬼在那儿，除了巴科特这个黑人外，没有其他黑人在场，他们把他拖到那里，绑在杰德·威尔逊的卡车后面。星期六黑人和白人一样多。

每个人都在疯狂地叫喊，因为他们要放火烧了那个黑鬼，我走到人群的后面，环顾广场，想数一数有多少辆车。人们的影子在广场中央的树上闪烁不定。我看见一些被惊起的鸟在树丛中飞过，也许它们以为已经到了早上。在雨落下后结冰的街道上，鹅卵石在雨点和结冰处闪闪发光。我数到四十辆车后就再也数不下去了。我知道人群是从凤凰城来的，他们乘坐的轿车和马车混在一起。

天啊，这是个噩梦般的夜晚，是一个令人难忘的夜晚。嘈杂的喧闹声渐渐平息了下来，我在人群的后面听到了黑鬼的声音，于是我向前挤去。黑鬼的鼻子和耳朵都在流血，我看到黑色的血顺着他黑色的皮肤流了下来，遍布了全身。他不停地轮换着抬起双脚，就像站在热炉子的鸡一样。我向下看了看他站着的平台，他们把架起的火堆推到了他的脚边。他一定很热，因为火焰几乎烧到了他又大又黑的脚指头。有人喊着要黑鬼祈祷，但他什么也没说。他只是闭着眼睛呻吟，双脚不停地上下移动，先是一只脚，然后是另一只脚。

我看着燃烧的木柴越来越靠近黑鬼的脚。现在木柴烧得很旺，雨已经停了，越刮越大的风使火苗蹿得好高。我看了一下，猜测人群中大概有三十五个女人，我清晰地听见她们颤抖的声音夹杂在男人的声音中。终于事件有了进展。我听到嘈杂声的时间和其他人差不多，那声音就像从海湾吹来的飓风发出的轰鸣声，每个人都抬起头向天空望去，想看看发生了什么。有些人脸上露出惊讶和恐惧的表情，只有那个黑鬼除外。他甚至没有听到噪声。他连头都没抬。轰鸣声越来越近，就在我们头顶，风越刮越大，声音似乎在原地打转。

透过云雾，我可以看到它的两翼上有红绿相间的光。一秒钟后，它就飞进了低矮的云层。我抬头越过建筑物，向四十英里外的机场方向望去，寻找着灯塔，但它没有在上空盘旋。在晚上通常可以看到灯塔的光扫过天空，但此时看不见灯光。然后，它又出现了，就像一只迷失在雾中的大鸟。我寻找着红绿色的光亮，但已经看不到了。这次它飞得离楼顶更近了。风刮得更大了，树叶开始四处飞舞，在地上呈现出有趣的阴影。我听到树枝折断时噼啪作响、纷纷掉落的声音。

那确实是一场暴风雨。飞行员一定以为他在降落场的上空。也许他以为广场上的火光是为了让他降落而特意生起来的。天啊，这吓坏了人们，也吓坏了我。人们开始大喊起来："飞机要着陆了，飞机要着陆了！""它要降落了！"有几个人开始朝他们的汽车和马车走去。我能听到马车启动时嘎吱嘎吱的声响，铁链叮当作响，汽车发动机打火时突突的声音。在我的右边，一匹马开始跌跌撞撞地用蹄子踢向旁边的汽车。

我不知道该怎么办。我想逃开，也想留下来看看接下来会发生什么。那架飞机飞得太低了。飞行员一定想知道他在哪里，飞机轰鸣的马达淹没了所有的声音。我甚至感觉到了震动，我的帽子要被竖起的头发顶起来了。我碰巧看到了将军的雕像，他一条腿在前，另一条在后，背靠一把剑。我正酝酿着跑过去，爬到他的双腿之间，坐在那里看，这时轰鸣声小了一些，我抬头一看，飞机正擦过广场中央小树林的顶端。

飞机的发动机完全停了下来，我能听到起落架压在树枝上传来的噼啪断裂声。我现在可以清楚地看到它的妆容了，它全身银光闪闪，在火光的映照下，露出机翼下 T. A. W. 几个黑色的字母。它正平稳地驶出广场，突然撞上了穿过小镇、沿着伯明翰高速公路排布的高压电线。只听见一声巨响，那声音听起来就像大风突然把一扇锡皮谷仓门吹得关上了一样。只是飞机的起落架撞了一下，我看到火星飞溅，电线被从电线杆上扯下来，发出蓝色的火花，仿佛一群蛇一样四处乱窜，在黑暗中留下一圈一圈的蓝色火花。

飞机把五六根电线撞松动了，电线在空中荡来荡去，互相撞到时，擦出更多的火花。风吹着电线不停地摇摆着，当我到达那里时，电线在高速公路上的蓝色薄雾中噼啪作响。我的帽子在路上跑丢了，我也没顾上停下来找它。我属于第一批到达的人，能听到我身后其他人踏过广场草地时发出的砰砰声。他们大声喊叫避免相撞，飞快地跟上来，你推我搡，有个人被推到了一根摇摆的电线上，他发出的声音就像铁匠把一块又红又热的马蹄铁块扔进了水桶里，冒出了水蒸气。我闻到了肉烧焦的味道。我还是第一次闻到这个味，凑近一看，是个女人。我猜她是被电死了。她躺在水坑里，身体僵硬得像块木板，四周是被飞机撞掉的玻璃绝缘体碎片。她身上白色的裙子被撕破了，她的一个乳房和两条腿露出了水面。一个女人尖叫了一声昏了过去，差点摔倒在电线上，被一个男人拉了回来。警长和他的手下们大喊大叫着，手里晃着闪亮的手枪，向后驱赶着人们。所有东西都被火花映照成了蓝色的。这种震惊把那女人吓得几乎和黑鬼一样黑。我试图想看清她是否也成蓝色的了，或者只是蓝色的火花，可是警长把我赶走了。就在我想看个究竟的时候，我听到飞机的发动机又在云层右边的某个地方启动了。

云在风中快速地翻滚着，风把燃烧的气味吹向了我。我转过身，人群又回到了黑鬼的身边。我看见他站在火焰中间。火焰随着风势而变得更加明亮。人们跑了起来，我也跟着跑。我和人群一起穿过草坪。当飞机到达的时候，人已经不是很多了，因为有很多人都走了。我被草地上的一根树枝绊倒，咬到了自己嘴唇，感觉不太好，咬得很严重。当我跑到的时候，我能感觉到嘴里的血腥味。我猜这就是我想吐的原因。我到那儿的时候，火已经烧到了黑鬼的裤子，人们远远地站在火焰吹不到的地方观望着。有人喊道："喂，黑鬼，现在不冷了吧？不要把你的手放在口袋里。"黑鬼抬起了头，一双大眼睛露出白色的眼仁，它们好像要"从脑袋里跳出来"似的。我受够了，不想再看下去，想跑到什么地方去呕吐，但是我留下来了，就站在人群的前面看着。

那个黑鬼说了什么，因为风吹在火上发出呼呼的响声，我没有听清他的话，我竖起了耳朵。杰德·威尔逊吼道："你在说什么，黑鬼？"黑人的声音从火焰中传了回来，"谁来割断我的喉咙？"他说，"谁能像基督徒那样割断我的喉咙？"杰德回答道："对不起，今晚这里没有基督徒，也没有犹太人。我们是百分之百的美国人。"

接下来，那个黑鬼沉默了。人们开始嘲笑杰德。杰德很受人们的喜欢，我叔叔说，明年他们打算推举他竞选警长。我觉得热得受不了，烟熏得我的眼睛睁不开。正想后退时，杰德去拿了一罐汽油，把它泼向黑人的火堆。我看见火焰借助着汽油喷了出来，气体变成一片银色，有一些火苗蹿到了那个黑人身上，他的胸口喷出蓝色的火焰。

那个黑鬼非常倔强。我不得不这样说他，他真的很坚强。他开始燃烧，就像房子着了火一样，发出的烟味闻起来像燃烧的兽皮。火已经烧到了他的头上，由于有黑烟已看不清他的脸。他一动也不动——我们以为他死了。突然他开始爆发。火烧到了绑着他的绳子上，他像个瞎子一样开始乱踢乱蹦，能闻到他皮肤烧焦的味道。他踢得非常用力，燃烧的木棍被他踢得滚到了我的脚边。我下意识地往后一跳，免得碰到。我永远也忘不了这个场景。每次吃烤肉时，我都会想起那个黑鬼，他的背就像一只烤猪。我可以看到他背上肋骨的棱角，从脊骨开始，然后向下弯曲。黑鬼的后背是一幅令人难忘的心惊肉跳的画面。他就在我的脚下，后面有人推了我一下，差点让我踩到他，他还在燃烧。

但我没有踩到他，杰德和他的人把他推回到燃烧的木板和圆木上，又浇了一些汽油。我想离开，但大家都在大声喊叫，我动不了，只能四处望望，看看雕像。一根被风吹断的树枝落在他的帽子上。我试图推开人群跑开，因为我要窒息了，结果站在我身后的那个女人和两个男人朝我脸上喷出唾沫和热气。所以我只能又转过头。那个黑鬼又从火里滚了出来。他不会原地不动，这次滚到了另一边。透过火焰和烟雾，我看不清他。他们弄来一些树枝，这次把他固定在了里面，他一直没动，直到被烧为灰烬。我猜他一直没动，我知道他被烧成了灰烬。因为一周后我见到了杰德，他笑着给我看了一些白色的指骨，还带着一小块黑皮。不管怎样，人们挤过来看黑鬼的时候，我离开了。我从人群中挤了出去，我后面的一个女人抓坏了我的脸，一边大叫一边挣扎着要靠近。

我穿过广场，跑到了另一边。警长和他的手下们正看守着电线，电线溅出的火花冒着蓝色的雾气。我的心怦怦直跳，就像我一直在长跑一样。我蹲在地上，开始释放自己。胃里的东西涌了上来，我在地上吐了好大的一片。我病倒了，感觉很累，又冷又虚弱。风仍然很大，大大的雨点开始落下来。我沿街朝叔叔家走去，经过了一家商店，窗户被风刮破了，玻璃碎片散落在人行道上。我走过时，踢了踢它们。不知是谁家的傻瓜公鸡在啼叫，预示有风的早晨已经来到。

第二天，我虚弱得不能出门。叔叔开玩笑地说我是"从辛辛那提来的胆小鬼"，我毫不介意。他说你迟早会习惯的。他自己也没有出门。外面的风大雨也大。我起床站在窗口望着窗外。大雨倾盆而下，死麻雀和折断的树枝散落在院子里。正好又遇上了飓风，它横扫全镇,很幸运我们没有受到它的影响。

风一连刮了三天三夜,镇上一片狼藉。大风吹起的火花点燃了杰克逊大道上白绿相间的房子,把院子里巨大的混凝土狮子雕像烧成了瓦砾。在烧死了这个黑鬼之后,他们还要杀死另外一个试图逃出镇子的黑鬼。我叔叔埃德说,他们总是成双成对地杀死黑鬼,目的是让其他黑鬼老老实实待着。尽管我不确定,但父老乡亲们似乎提到黑鬼就感到不安。他们都回来了,却阴沉着脸。在商店偶遇他们的时候,他们看起来很刻薄。前几天,我去布林克利的商店,一个白人种植者说杀死黑人没起到好作用,因为事态没有好转。他看起来很饿。大多数的种植者看起来都很饿。你会对白人看起来那么饥饿而感到惊讶。有人说,他最好闭上臭嘴,他闭上了嘴。但是,从他脸上的表情来看,他不会闭嘴太久。他走出了商店,喃喃自语,把烟蒂一口吐在了地上。布林克利说他很生气,因为没有得到他的信任。不管怎么说,这似乎没起什么作用。先是黑鬼和风暴,然后是飞机事故,又是女人遭电击。我还听说飞机方面正在调查火是谁放的,差点毁了他们的飞机。一切都发生在一夜之间,除了暴风雨。那真是个特殊的夜晚,是一个派对,我就在现场,在那儿目睹了发生的一切。这是我人生第一次也是最后一次派对。天啊,那个黑鬼真倔强。那个黑鬼是真正的黑鬼!

火车上的男孩

火车发出了一声长长的、刺耳的、孤独的汽笛声，在两座树林覆盖的小山之间疾驰而下，由于是下坡，速度似乎加快了。树上长满了深红色、棕色和黄色的叶子。多彩的树叶布满了山坡，沿着对面的轨道散落到灰色的岩石上。当发动机喷出蒸汽时，小男孩们可以看到白色的云朵零星散布在山坡彩色的树梢上。火车头发出嘶嘶的吼声，蒸汽宛如白色的微风，树叶随之翩翩起舞。

"你看，路易斯，杰克·弗罗斯特做了这些漂亮的叶子。杰克·弗罗斯特把树叶涂成各种美丽的颜色。快看，路易斯，棕色、紫色、橙色，还有黄色。"

小男孩指着外面，每说出一种颜色就会停顿一下，手指弯曲放在车窗玻璃上。婴儿跟着他重复着这些颜色，专心地寻找着杰克·弗罗斯特。

车厢里很热，因离火车头太近，无法开车窗。煤灰渣好几次吹进了车厢，迷了婴儿的眼睛。那女人不时地从书上抬起头来看看男孩们。车厢里很脏，有一块地方放着行李。在最前面的一个角落里放着一只松木装运箱，女人猜想着不知道里面装的是哪位可怜人的灵魂。

前面的地板上摆满了袋子和箱子，卖货的小商贩时不时地进来，拿糖果、水果或杂志，装进白色的售货车里。他一会儿进来，拿一篮子糖果，出去；回来，拿一篮子水果，又出去；回来，拿杂志，直到把拿出去的东西卖完，然后他又会重新来一轮。

他是白人，长得又高又胖，满脸通红，小男孩希望白人能给他们一块糖。毕竟，他有那么多，而妈妈又没有五分镍币给他们。但白人没有给过他一块糖。

母亲专心地读着书，手里捏着书的一页浏览着，然后慢慢地翻过去。在为有色人种预留的座位区，他们是唯一的乘客。她转过去，回头望着通向另一节车厢的车门；小贩该回来了。她有些不快地皱起了眉头。当她和孩子们刚进车厢时，小贩企图摸她的乳房，她朝他脸上吐了口唾沫，叫他把脏手拿开。小贩的脸涨得通红，急忙走出了车厢，篮子在胳膊上剧烈地摆动着。她恨他。为什么黑人妇女带着两个儿子旅行就不能不被骚扰呢？

火车刚刚驶过群山，进入了一片田野。弯弯曲曲的木栅栏隔开了田地，一堆堆黄澄澄的玉米绵延起伏，一直延伸到绿树环绕的蓝色地平线。篱笆使这个小男孩想起了那个走了一英里弯路的驼背人。

红色的鸟儿从车厢外飞快地掠过,然后俯冲进田野里,当你回头望着电线杆和田野闪过时,鸟儿们又飞了起来,迅速飞离了火车。孩子们正玩得开心,这是他们的第一次旅行。乡村是金色的,伴着深秋的气息。一个男孩正牵着一头牛走过田野,一条狗趴在牛的脚边叫着。火车上的男孩想,这是一条可爱的狗,是一条柯利牧羊犬。是的,就是那种狗,一条牧羊犬。

一列货运火车正朝着俄克拉何马城的方向驶去,开得飞快,橙色与红色的车身仿佛一道水彩画,交替在一起变成了灰色。小男孩一想到俄克拉何马城就感觉不舒服,就像想哭那样。也许他们再也回不去了。他想知道弗兰克、R. C. 和皮蒂现在在干什么,是在给斯图尔特先生摘桃子吗?他的喉咙哽咽住了。令人不快的是,就在斯图尔特先生答应他们可以采摘一半桃子的时候,他们却不得不离开。他叹了口气。火车的汽笛声听起来那么孤独又有点悲伤。

好了,现在他们要去麦卡莱斯特,在那里,妈妈将会有一份好工作,挣足够的钱来支付账单。是呀,巴林杰先生把妈妈送到俄克拉何马城让她来为他工作时,妈妈是个很好的员工。妈妈很愿意走,他也高兴妈妈愿意走;爸爸不在了,她要很努力地工作。他紧紧地闭上双眼,试图回想一下爸爸的照片。他永远忘不了爸爸的样子。他长大后也会是他的样子：高高的个子，和蔼可亲，总是爱开玩笑，喜欢读书。是的，只需要时间。等他长大了，把妈妈和路易斯带回俄克拉何马城的时候，大家都会看到他对妈妈的照顾有多好，妈妈会说："看看，这是我的两个儿子。"而且她会非常自豪。每个人都会说："瞧，韦弗太太的孩子们不是很好吗？"就是这样。

一想到永远、永远不回去了，他喉咙里的哽咽就消失了，他转过身来，想看看是谁进了车厢的门。

一个白人和白人男孩进了车厢，走到前面。小男孩的母亲抬了一下头，然后又低头继续看她的书。小男孩站了起来，越过椅背看了过去，想看看那个男人和那个男孩在干什么。白人男孩怀里抱着一只小狗，他用手抚摸着小狗的头。白人男孩让那个白人把狗带出去，但那个白人说不行，于是他们就在车厢里争执起来，左右摇晃着。那只小狗一定是睡着了，因为它没有发出任何声音。白人小男孩的穿着就像在电影里看到的那些小孩一样。他有自行车吗？小男孩想知道。

他向窗外望去。映入眼帘的是马，一群马，当哨声吹响时，它们狂奔起来，鬃毛和尾巴疯狂地颠簸着。他仿佛看见自己骑在一匹白马上，在野马的头上挥舞缰绳，一边喊着"驾！驾！驾驾！"就像电影里的胡特·吉布森。马激发了路易斯的兴趣，他双手拍打着窗户喊道："驾！快跑！"小男孩笑着看着自己的妈妈。她从书上抬起头来，也笑了。他想，路易斯太可爱了。

火车在一个乡村小镇停了下来。几个男人站在站台上，看着搬运工卸下一堆堆的报纸。几个白人走进车厢，其中一个白人指着那个大箱子说："一定是这个东西。"搬运工说："是的，就是这个东西。这是这次列车中唯一的一个，所以一定是这个。"这时，装卸工跳下了车，走进车站。这些人穿着黑西装和白衬衫。他们似乎对高翻领感觉很不舒服，而且表情很严肃。他们轻轻地把箱子推到了车厢的侧门，抬了下来。穿着工作服的白人从站台上看着他们。他们把箱子放到马车上，那人对马吆喝了一声"驾——"他们赶着马车走了，那些和箱子一块儿坐在后面的人看上去直挺又僵硬。

站台上的一个人正在剔牙，他把烟蒂吐在了地上。车站刷的是绿色油漆，边上有个牌子上写着**玫瑰鼻咽管**，上面画着一朵大白花。不过，它看上去并不像一朵玫瑰。天气很热，男人们的衬衫领口都敞开着，脖子上系着红色的方巾。火车启动离开时，他们站在原来的位置，目不转睛地看着。他想知道白人为什么那样盯着他看。

出了城，他看见树林的后面是一座红色的大粮仓。旁边有一个他以前从未见过的东西，又高又圆，和粮仓一样，是用石头建造的。他爬到座位上，用手指了指。

"妈妈，那个高的东西是什么？"他问道。

她抬起了头看了看。

"这是个筒仓，孩子，"她说，"那是储存玉米的地方。"当她把脸转向他时，她的目光出奇的冷漠。阳光斜照在她的眼睛上，她棕色的皮肤很洁净。他慢慢地坐到座位上。筒仓，筒仓。几乎和爸爸参加建造的俄克拉何马城的科尔科德大楼一样高……

他跳了起来，大吃一惊。妈妈叫他名字的时候带着哭腔。他转过身来，看到她泪流满面。

"你过来，詹姆斯。"她说，"把路易斯带过来。"

他拉着路易斯的手，坐到她旁边的座位上。他们做了什么？

"詹姆斯，我的孩子，"她说，"那个旧筒仓在这里已经很长时间了。这让我想起几年前，我和你爸爸去俄克拉何马城乘坐的火车就是经过这条老石岛线。那时，我们刚结婚，能去西部很高兴，因为听说有色人种在那里会有机会。"

詹姆斯微笑着听着。他喜欢听妈妈讲她和爸爸年轻的时候，以及他们过去在南方发生的事情。他觉得这是一种不同的感觉。妈妈的声音很高亢，像一道彩虹；然而，妈妈的话语里有些悲伤又沉重的东西，就像教堂里演奏的风琴曲子。

"孩子，我要你记住这次旅行，"她说，"你要明白，儿子。我要你记住。你必须明白，你必须明白。"

詹姆斯感觉到了什么，他努力想弄明白。他凝视着她的脸，泪水在她眼里闪烁,他感觉自己也要哭了。他咬着嘴唇。不,他是家里的男人,他不能表现得像个孩子。他忍住了哽咽,倾听着。

"你记得吗,詹姆斯,"她说,"十四年前,我们从佐治亚州远道而来,乘坐的是同一条铁路线,所以孩子们,你们的到来,让一切变得好起来。你必须记住这一点,詹姆斯。我们远走高飞,去寻找更美好的世界,生活不会像在南方那样艰难。那是十四年前的事了,詹姆斯。现在你的父亲离开了我们,你已经长大成了一个男人。孩子,我们这些有色人种的日子不好过,我们三个人孤苦伶仃,我们必须团结在一起。世态炎凉,我们一定要奋斗……主啊,我们必须奋斗……"

她停了下来,摇着头,紧紧地闭着嘴唇,激动得不知所措。詹姆斯用胳膊搂住她的脖子,抚摸着她的脸颊。

"是的,妈妈,"他说,"我不会忘记的。"

他不可能完全理解,但他还是明白了。就像听懂了没有歌词的音乐一样,他内心感到很充实。现在妈妈把他拉到身边,婴儿靠在她的另一边。这场景很熟悉:爸爸死后,妈妈和他们一起祈祷,现在她开始祈祷了。他低下了头。

"上帝,请与我们同在,保佑我们。过去保佑我和他,现在保佑我和他的孩子们。主啊,我感激不尽,而且,以你的名义,我心灵得到安宁。我过去很快乐,生活就像一只会唱歌的知更鸟。主啊，我现在只求和孩子们待在一起，抚养他们，保护他们，直到他们长大成人走自己的路。主啊，赋予他们坚强与无畏，赋予他们力量去迎接这个世界，赋予他们勇敢走向生活更好的地方，上帝。"

詹姆斯低着头坐着。每当妈妈祈祷时，他的内心总是感到紧张，闷闷不乐。他一直记得爸爸的脸。他不记得爸爸曾经祈祷过，但在周日早晨的唱诗班唱歌时，爸爸的声音低沉而有力。詹姆斯想哭，但他隐约感到有些应当受到惩罚的事情让妈妈哭了，一些残酷的东西使她伤心了。他感到喉咙发紧，变得愤怒起来。只要他知道那些让她伤心的东西，他就会尽力去弥补，他会杀了那个让妈妈伤心的家伙。这一定很可怕，因为妈妈既强大又勇敢，甚至还杀过老鼠，而她曾经为之工作的那个白人妇女，只会拎起衣服，像个害怕老鼠的小女孩一样尖叫。他想知道那是什么……是上帝吗？

"主啊，请让我们三个在这个陌生的城市待在一起。道路黑暗而漫长，我的痛苦是沉重的，但是，主啊，如果这是你的旨意，就让我来教育我的孩子们吧。让我抚养他们长大，更好地生活下去。上帝，我不想为自己而活，只为这些孩子。使他们成为刚强正直的战士。如果这一切能够实现，主啊，求你带我去自由乐土，在耶稣安全的怀抱。"

从她颤抖的双唇发出的痛苦呻吟声渐渐停下来，眼泪从她脸上流下来。詹姆斯很难过，他不喜欢看到妈妈哭，当妈妈开始擦眼泪时，他把目光转向窗户。他很高兴她现在没事了，因为几分钟后小贩就要回到车厢。他不想让白人看到妈妈哭。

火车正在越过一条河流。桥上的斜梁慢慢地从火车旁边驶过。河水浑浊，泛着红色，在他们脚下奔流。火车停了下来，婴儿指着下面河岸上的一头母牛。母牛站在那儿凝视着水面，嘴里嚼着东西——就像婴儿图画书里的母牛，只是头上没有蝴蝶。

"哇，蝴蝶结！"孩子说，然后，又疑惑地问，"是蝴蝶结吗？"

"不，路易斯，它是头奶牛。"詹姆斯说。"哞哞，"他说，"奶牛，"婴儿高兴得笑了起来，"哞哞。"他非常感兴趣。

詹姆斯望着水面。火车又开动了，他想知道母亲为什么哭。不仅仅是因为爸爸的离开，似乎不是那样。是有别的原因。他想，等我长大了，我会杀了他。我要让他哭，就像他弄哭了妈妈一样！

火车经过一片油田。田野上有许多井，还有又大又圆的池塘，在阳光下闪着银光。一口井上覆盖着木板，在天空的映衬下，看起来就像一个巨大的印第安棚屋。所有的井都竖直指向天空。是的，我要杀了他。我要让他哭。他想，即使是上帝，我也要让上帝哭泣。我要杀了他，我要杀了上帝，决不后悔！

火车颠簸了一下，加快了速度，车轮刺耳的咔嗒声传到了他耳朵里。他们驶过的田野上有许多广告牌。所有的牌子上写的出售物品都是一样的。上面画了一头大红牛，写着**达勒姆公牛**。

"哞——哞。"婴儿说。

詹姆斯看着他的母亲,她不哭了,她笑了。他感到自己紧张的情绪渐渐消失了。他咧嘴笑了起来。他很想亲亲她,但现在他必须表现出一个男人应有的矜持。他咧嘴笑了。妈妈笑起来很漂亮。他许下了永远不会忘记她所说的话的愿望。"这一年是一九二四年,我永远不会忘记。"他自言自语道。然后他双手撑着下巴,望着窗外,想知道他们还要走多远的路,想知道在麦卡莱斯特是否会有男孩会踢足球。

杜桑先生

从前

鹅喝酒

猴子嚼烟草

他吐出了白石灰

——黑人奴隶故事序曲

"我希望他家的果子都烂了,里面长满虫子。"第一个男孩说。

"我希望刮一场大风,把他家所有的树都刮倒。"第二个男孩说。

"我也是,"第一个男孩说,"当老罗根出来看发生了什么的时候,我诅咒正好一棵树倒了砸在他头上,把他砸死。"

"快看那些鸟儿,"第二个男孩说,"它们想吃什么就吃什么,可我们捡掉到地上的东西时,他一定会追到我们家里,骂我们是小黑鬼!"

"该死的,"第二个男孩说,"我诅咒那些鸟的爪子上有毒!"

两个小男孩,莱利和巴斯特坐在门廊的地板上,光着的双脚踩在冰冷的地面,他们的目光穿过被太阳晒得火热的石子路面,凝视着街对面的一个院子。院子里的草碧绿碧绿的,房子在早晨的阳光下显得洁白又整齐。房子旁边有两排树,树上结满了沉甸甸的樱桃,在深绿色的树叶和暗褐色的树枝映衬下,樱桃显得格外鲜红。此时,两个男孩看着一个老人坐在摇椅上摇摇晃晃地望着街对面的他们。

"你看他,"巴斯特说,"老罗根害怕我们去摘樱桃,甚至连晒太阳时都心不在焉的!"

"唔,那些鸟儿正在吃樱桃呢。"莱利说。

"他们是知更鸟。"

"我不管它们是什么鸟,它们在他家的树上。"

"是的,老罗根没看见那些鸟。伙计,我告诉你,白人就是没头脑。"

他们现在不说话了,看着鸟儿们飞快地飞进树林。他们的身后传来缝纫机咔嗒咔嗒的声音,莱利的母亲正在为白人做针线活。屋子里静悄悄的,当女人干活的时候,她的歌声从嗡嗡作响的机器声中传出来。

"伙计,你妈妈会唱歌?"巴斯特问。

"她在唱诗班里唱歌,"莱利说,"教堂里所有歌的领唱都是她。"

"呸,我知道,"巴斯特说,"你想吹吹牛?"

他们听到一阵清脆的歌声像清泉般在早晨的空气中飘荡:

我有一双翅膀,你有一双翅膀,

上帝的孩子都有一双翅膀,

当我升入天堂,我将展翅飞翔,

欢呼上帝的祝福。

祝福,祝福,

人人谈论着去哪里。

祝福,祝福,上帝传送祝福。

她唱起歌来,仿佛歌词对她有一种深刻而悸动的意义,孩子们茫然地望着大地,感受到了教堂里忧郁而神秘的平静。街上静悄悄的,就连老罗根也停止了摇晃去听她的歌了。最后,那声音渐渐低沉下来,消失在繁忙的缝纫机器的嘈杂声中。

"真希望我也能唱成那样。"巴斯特说。

莱利一声不吭,低头望着门廊的尽头,阳光照亮了一块方形的阴暗处,一只蝴蝶飞舞的影子忽闪忽闪地出现在阴影里。

"如果你有一双翅膀,你想做什么?"他说。

"呸，我要比老鹰飞得还快，我要飞到离这个小镇一百万、十亿、万亿、亿万英里远的地方才会停下来。"

"你要去哪里，伙计？"

"往北走，也许去芝加哥。"

"伙计，如果我有一双翅膀，我就不会停下来。"

"我也不会停下来。管它的呢，有了翅膀，你可以去任何地方，甚至可以飞向太阳，只要不是太热……"

"我要飞到纽约……"

"即使是在星星周围……"

"或者飞到密歇根州的底特律……"

"哎呀，你可以从月亮上搞点奶酪，从银河系里弄点牛奶……"

"或者其他任何有色人种自由的地方……"

"我敢打赌，我一定会成功的……"

"还有降落伞……"

"我要去非洲，给自己搞些钻石……"

"是的，那些食人族也会把你吃掉的。"莱利说。

"去他的，他们不会像我飞得那么快……"

"伙计，他们会抓住你，把长矛刺进你的后背！"莱利说。

巴斯特大笑了起来，莱利严肃地摇了摇头。莱利说："伙计，如果他们把你干掉，你就会像个黑枕垫一样。"

"胡说什么,伙计,他们抓不到我,这些笨蛋太懒了。地理书上说世界上最懒的人就是这样的,"巴斯特恶狠狠地说,"又黑又懒!"

"噢,不,他们不懒!"莱利暴跳如雷地说。

"他们懒!地理书上这样说的!"

"好啦,我老爸说他们不懒!"

"他们怎么不懒呢?"

"因为我老爸说那边有国王,有钻石,有黄金,有象牙,如果他们什么都有,就说明他们不会懒了。"莱利说,"难道黑人不能拥有这些东西吗?"

"不会的,伙计,白人是不会让他们有的。"巴斯特说。

想到所有的非洲人都不懒是件好事。当他看到一只紫色的鸽子飞到街上,从一匹马旁边掠过时,他努力回忆起他听到的关于非洲的一切。然后,他想起了老师给他讲的一个故事。正在此时,一辆汽车在街上疾驰而过,那只鸽子展开翅膀,轻松地飞向空中,缓慢地舞动着翅膀掠过车顶。看着它起起落落,消失在路边上方被电线划破的天空中,巴斯特的感觉非常好。莱利用他的大脚趾在松软的泥地上写下了他名字的缩写。

"莱利,你知道非洲人并不是真的那么懒。"他说。

"我知道他们不懒,"莱利说,"我就是要告诉你这个。"

"是的，但是我的老师也告诉过我。她给我们讲了一个叫杜桑的非洲男人打败拿破仑的故事！"

莱利停住了在地上写的动作，抬起头来，有些生气地转着眼珠说："你现在为什么还学会说谎了呢？"

"她就是这么说的。"

"伙计，你不要说了。"

"如果说谎，让上帝惩罚我。"

"她说他是非洲人？"

"我发誓，伙计……"

"真的吗？"

"真的，伙计。她说他来自一个叫海蒂①的地方。"

莱利紧紧地盯着巴斯特，看到他脸上严肃的表情，一种激动的感觉在他心中油然而生。

"巴斯特，我咒你变成个大胖子。那个老师讲了什么故事？"

"真的，伙计，她说，杜桑和他的人爬上非洲的一座山，把那些想爬上来的啄木鸟士兵赶下去了……"

---

① 此处原文为 Hayti，是美国一个历史悠久的非裔美国人社区，现在是北卡罗来纳州达勒姆的一部分。海蒂区（Hayti）的名字的确源自西半球的第一个独立的黑人共和国海地（Haiti），而杜桑先生便是海地国父。文中男孩应是误将老师说的海地当作海蒂社区。

"老天爷呀——好厉害呀!"莱利嚷道。

"哦,天哪,他们把他们打下来了!"巴斯特高喊着。

"继续讲下去,伙计!"

"他们把他们赶下了山……"

"真的!"

"而且杜桑逼着他们穿过沙漠……"

"是啊!巴斯特,他们穿的什么衣服?"

"伙计,他们穿着红色制服,戴着蓝色帽子,帽子上镶着金边,佩戴着闪闪发光的剑,他们把这些剑叫作'大马士革甜蜜之刃'……"

"大马士革甜蜜之刃……"

"他们真的有。"

"什么样的枪?"

"大黑炮!"

"你所说的'来收拾他们'是在哪里?"

"他的名字叫杜桑。"

"杜山!就像泰山一样……"

"不是泰—山,笨蛋,杜—山!"

"杜桑!老杜桑把他们赶到哪儿去了?"

"赶到水里,伙计……"

"是赶到河水里。"

"那里有几艘大船在等他们……"

"继续,巴斯特!"

"杜桑朝他们的船开枪……"

"他朝他们开枪……"

"向他们的船开了枪……"

"天啊!"

"用他的大炮……"

"是吗!"

"黄铜造的。"

"黄铜……"

"一颗黑色的炮弹在啄木鸟士兵中爆炸。"

"上帝,上帝……"

"伙计,把啄木鸟全部炸飞。求你了,求你了,杜桑先生,我们会乖乖的!"

"巴斯特,杜桑跟他们说了什么?"

"孩子,他用深沉的声音说,我要把这些混蛋淹死。"

"啄木鸟士兵说了什么?"

"他们说,求你了,求你了,求求你了,杜桑先生……"

"我们会乖乖的。"莱利打断道。

"说得对，伙计。"巴斯特兴奋地说。他拍了拍双手，用脚后跟磕着地面，黑色的脸上洋溢着一阵有欢快节奏的喜悦。

"兄弟！"

"那么，老杜桑说了什么？"

"他用深沉的声音说：你们这些啄木鸟人，最好都乖乖听话，因为这是杜桑爸爸的甜言蜜语，我的那些黑鬼都疯狂地喜欢吃白肉！"

"吼，吼，吼！"莱利笑得直不起腰来。他内心有节奏地跳动着，他期待这个故事继续下去……

"巴斯特，你知道，老师说这不是谎言。"他说。

"是的，伙计。"

"她说真的有那么一个人，自称为'甜蜜的杜桑爸爸'？"

莱利的声音令人难以置信，他的眼中流露出巴斯特无法理解的渴望表情。最后，他低下头，咧嘴笑了。

"好吧，"他说，"我敢打赌，这是老杜桑说的。你知道人们都了解，他们不会讲一个故事来'欺骗像祖母这样的老人'。"

"他们真是太棒了，"莱利说，"他们不知道该怎么做。"

莱利站了起来，两腿岔开，双手掐腰，阴阳怪气地大摇大摆。

"来吧，巴斯特，看我现在怎么做。现在我敢打赌，老杜桑一定是这样俯视着那些站着的白人，用一种柔和又从容的声音说：难道我没有求过你们白人别和我纠缠吗?"

"好啦,别再纠缠了。"巴斯特呼喊着。

"但是,没有,你们无论如何还是来了……"

"只是因为他们是黑人……"

"没错,"莱利说,"后来,老杜桑非常生气,非常难过,眼泪就淌了下来……"

"他真的伤心了。"

"然后,伙计,"他用又粗又哑的声音说,"该死的白人,你们能不能远离我们这些黑人?"

"他在大喊……"

"并告诉他们啄木鸟人:我请求你们不要再来打扰我们的生活……"

"跪着祈求……"

"然后,伙计,杜桑真的发疯了,他一把扯下帽子,踩在上面踩来踩去,眼泪流了下来,他说:你们来告诉我拿破仑的事……"

"他们想吓唬他,伙计……"

"他说:我对拿破仑一点都不在乎……"

"难道不是在分析他……"

"杜桑说:拿破仑不是一无是处,他是个人物!然后,杜桑就像这样拔出了闪闪发光的剑,使劲砍向啄木鸟士兵的喉咙,砍得那么用力,发出了嗖嗖的声音!"

"继续,讲完它,伙计,"巴斯特说,"那杜桑又做了什么呢?"

"你知道他做了什么,他说:我应该把你打得屁滚尿流!"

"没错,他也做到了。"巴斯特说。他跳了起来,用想象中的箭刺死了绝望中的五个士兵。巴斯特在门廊里看着他,咧着嘴笑着。

"杜桑一定把那些白人都吓死了!"

巴斯特说:"是的,这是事实。"现在,他渐渐慢下来,坐回门廊,疲惫地喘着粗气。

"这个故事好。"莱利说。

"嘿,我的老师给我们讲的故事都不错。她是个好老师——但你知道一点吗?"

"不知道,是什么?"

"书里没有这样的故事。想知道为什么吗?"

"见鬼,你知道老杜桑憎恨那些白人,这就是原因。"

"噢,他是个硬汉!"

"他憎恨白人……"

"不过,应该憎恨!"

"杜桑很爽快……"

"他是个善良、正直的人。"莱利说。

"噢,伙计,他太帅了。"巴斯特说。

"莱利！！"

男孩们突然停止了正在玩的游戏，张大了嘴巴。

"莱利，我叫你呢！"那是莱利妈妈的声音。

"妈妈，我？"

"她一定听到了我们的诅咒。"巴斯特低声说。

"闭嘴，伙计……你叫我干什么，妈妈？"

"我想让你们到后院去玩。你在外面大惊小怪的。白人说我们搬到一个社区就会把那儿弄得鸡飞狗跳，而你们正好证实了他们说得没错。你们俩，马上到后院去。"

"但是，妈妈，我们只是在闹着玩，妈妈……"

"孩子，我说了让你们继续玩下去。"

"但是，妈妈……"

"你听见了吗，孩子！"

"好的，我们去。"莱利说，"走吧，巴斯特。"

巴斯特慢慢地跟在后面，当他走上绿荫下的草地时，感觉到了他脚下的露水。

"他还做了什么，伙计？"巴斯特说。

"谁啊？是罗根吗？"

"嘿，不是！我说的是杜桑。"

"该死的，如果我知道就好了，我要问问老师。"

"他是个战斗英雄,是不是,伙计?"

"他不能容忍任何愚蠢的行为。"莱利含蓄地说。他想到了别的事情。他向前时,抬起脚轻轻地滑过路边的矮草,一边唱着一边跳着:

铁就是铁,

锡就是锡,

不能改变。

这是事实……

"噢,得了吧,伙计,"巴斯特打断了他,"我们去巷子里玩吧……"

这是事实……

"也许我们可以溜出去摘点樱桃。"巴斯特接着说。

……故事结束了,莱利唱道。

下　午

两个男孩站在一块空地的后面，正仰头看着一根电线杆。电线从一根电线杆连接到另一根上，在夏日的阳光下闪闪发光。孩子们目不转睛地看着，从电线杆玻璃绝缘体上反射出一道道绿光。

"奇怪，电线上怎么没有鸟呢？"

"电线上的电量太大，可以听到电线发出的嗡嗡声，电量太大了。"

莱利仰起了头，听着。

"那是什么声音？"他问。

"嘘，伙计，你把耳朵贴在路边汽车的电线杆上，你不用看就知道，车什么时候到达。"巴斯特说道。

"是的，我早就知道了。"

"想知道为什么上面有绝缘玻璃吗？"

"我猜，是为了吓唬想爬上去的那些家伙吧。"

莱利的眼睛扫视着电线杆粗糙的表面，他闻到了黑色木桩上油漆的防腐味。

"还真他妈的高！"他说。

"没有那么高，我八成够不到那块玻璃。"

"巴斯特，你喝多了吧？你肯定够不到那块绝缘玻璃，它太高了。"

"嘘！！！给我找一块石头来。"

他们仔细地在干燥的地面上寻找着石头。

"这块石头可以，"莱利叫道，"是一块鹅卵石。"

"快扔过来，看看老卢·格里格怎么在一垒阻截他们。"

莱利接住了扔过来的石头，石头扔得又高又快。巴斯特伸出手接住它，之后，右腿往后一撤仿佛触到了一垒。

"他先出局啦！"他叫喊着。

"你还好吧？"莱利问道。

"你瞄准啦。"

莱利看着巴斯特抬起左手臂，对准了玻璃罩，他的身体使劲一扭，石头就向上飞了出去。

玻璃被打碎了！

绿色的玻璃碎片飞落了下来。

他们双手叉腰，环顾四周。一只鸟叽叽喳喳地叫着。公鸡在打鸣。没有人对他们喊叫，他们紧张地笑着。

"我怎么跟你说的?"

"天啊!我没想到你能做到。"

"我们最好离开这里,免得有人看见。"

莱利环顾了一下四周:"撤退。"

他们来到巷子里。

小鸡蜷缩在树荫下的阴凉地里。两个男孩匆匆避开隔壁院子里一个正在堆放垃圾的女人的视线。巷子里的一排篱笆墙一直延伸到车库和屋外厕所,他们光着脚小心翼翼地走过滚烫的地面,避开地上的毛刺和玻璃碎片。巷子里弥漫着尘土和干枯的树叶燃烧后的焦灼气味。

巴斯特捡起一根棍子,在一间没有刷油漆的车库后面的杂草中搅动起来。随着扬起的灰尘,他打了个喷嚏。

"巴斯特,你在找什么?"

"在找酒,伙计。"

"找到酒了吗?"

"嘘,伙计。"他停了下来,用手指着说,"看见拐角的那栋房子了吗?"

莱利看到在一栋绿色房子的后面,门廊的栏杆上有一排镀锌的槽子。

"是的,我看到了。"他说。

"非法移民都住在那里,他们一直把酒藏在这些杂草里。伙计,有一天晚上警察突然来搜查,他们把酒装在污水罐里。"

"是污水罐里吗?"

"见鬼,是的!"

"天啊,警察抓住他们了?"

"该死的,没有,他们把酒倒进马桶里了。老兄,我敢打赌加拿大河里的鱼都被灌醉了。"

他们哈哈地大声笑起来。

巴斯特又在杂草丛里搅动了几下,然后停下来说:

"我猜这里什么都没有。"

他看着莱利。莱利咧嘴笑了。

"老兄,你怎么了?"

"巴斯特,我还在想他们把那酒倒进马桶里。你知道一件事吗?我小的时候,他们会把我放在马桶座上,我总以为魔鬼在下面抽雪茄。我吓得不敢坐下。伙计,有一次因为我不肯坐下,我老妈想要打我。"

"你傻了吧,伙计,"巴斯特说,"难道我没告诉过你,你变傻了吗?"

"老实说,"莱利说,"我过去一直这样认为。"

他们笑了。巴斯特在草丛上拖着棍子。他们刚好走过篱笆墙,一只母鸡在篱笆墙外面的院子里咯咯地叫着。有人练习钢琴音阶的声音飘向他们。他们走得很慢。

穿过小巷的狭窄道路上布满了车轮留下的车辙印记,中间夹杂着碎玻璃片。"我们要去哪儿?"巴斯特问。莱利开始哼唱起来:

我遇到了兔子先生。
就在豌豆藤旁边……

巴斯特也跟着哼起来:

我问他去哪儿了,
好吧,他说,去亲我的屁股。
他从豌豆藤上跳了下来。

巴斯特突然停下来,捂住了鼻子。
"看那只死老猫!"
"不应该在我妈妈的桌子上。"
"也没在我妈那里!"
"你最好呸呸呸,否则晚饭都吃不下去。"巴斯特说。
他们朝满是蛆虫的尸体上吐了一口唾沫,继续往前走。

"巷子里总是有许多死猫。想知道为什么吗?"

"我猜是被狗咬死的。"

莱利说:"我的狗吃了几只死猫后就病了,后来死了。"

"我不喜欢猫,它们太狡猾。"

"臭死了!"

"我憋着气呢。"

"我也是!"

不久,气味消失了。巴斯特停了下来,向上指着。

"看那棵树上的苹果。"

"长得还挺大!"

"是的,我们去摘几个。"

"不要,苹果还没成熟。看着太绿了。"

"我想碰一下运气。"巴斯特说。

"你觉得有人在家吗?"

"哎呀,我们不用进到篱笆墙里。瞧,有几个长到巷子里了。"

他们走到篱笆前,朝院子里望了望。树下的土光秃秃、湿漉漉的。房子附近长满了矮而整齐的草,从车库延伸出来的石板在草地上组成了某种图案。

"是白人住在这里吗?"

"不,是黑人。黑人搬进来的时候,白人都搬走了。"巴斯特说。

他们抬头望着树：太阳透过树叶，苹果在暗黑的树枝上呈现出鲜绿色。一只黄蜂慢慢地摇摆着，飞行着，嗡嗡作响。四周静悄悄的，他们可以听到从井里抽水发出的砰砰的声音。巴斯特从篱笆前退了几步，拿起了棍子。

"打时小心点，"巴斯特说，"别掉在杂草里了。"

棍子劈开了树叶。一个苹果在树枝间滑落，砰的一声落在篱笆墙里的地上。

"该死的！"

他拿起棍子又砍了一下。树叶沙沙作响，莱利打中了一个苹果。这一个滚到了巴斯特的脚趾尖前。他看着莱利拿起了苹果。

"我捡了一个最大个的！反正你也不敢吃。"

莱利看了他一眼，他的双手捧着苹果。绿色的苹果上有一点点红色。

"我不要，"他最后说，"你拿着吧。"

他把苹果扔向巴斯特。巴斯特接住了它，同时他的脚做了一个触碰一垒的动作。

"又一个出局了！"

"我们走吧。"莱利说。

他们走近篱笆，杂草擦过他们瘦弱的双腿。一只啄木鸟在电线杆上啄来啄去。

"我要记住那棵树。用不了多久苹果就会熟了。"

"是啊,这道菜还没做熟。"莱利说。巴斯特看到莱利扭曲的眉毛,笑了起来。

"我们还需要一些盐。"他说。

"伙计,该死!温泉水对这个苹果毫无帮助!"

巴斯特哈哈大笑,用棍子把一个罐头盒抽打到篱笆墙上。一条狗在另一边狂叫起来,用鼻子嗅了嗅。巴斯特朝着狗,吼了回去,他们走过篱笆,狗还在后面狂吠着。

"丁零零,丁零零。"莱利喊道。

巴斯特大叫着。他们走过篱笆,狗还在他们后面叫着。

巴斯特放下棍子,小心翼翼地把苹果攥在手指里。莱利看着他。

"你看,这是用手掰苹果的方法。"巴斯特说。

"怎么掰?"

"像这样:这两个手指在这边,把拇指放在这边,然后使劲掰开。"

当巴斯特给他看的时候,莱利一把抓住苹果,马上抽出苹果扔了出去。苹果沿着小巷直飞了出去,然后突然转向右侧。

"看那儿!你看见它摔破了吗?这就是你做事的方式,伙计。

你把球挂在击球手的脖子上。"

莱利感到很惊讶。他咧开嘴笑了,目光中带着钦佩的神情望着巴斯特。巴斯特跑过去把苹果捡了起来。

"瞧,你就是这样扔的。"

他抡起胳膊,用力一甩,苹果在空中嗖嗖作响。莱利看到苹果朝他飞来,突然一扭身,躲开了。苹果落在他身后。他摇了摇头,微笑着说:

"巴斯特?"

"干什么?"

"小子,你是我见过的最会扔东西的黑鬼。看看你能否打准篱笆墙那边的柱子。"

"见鬼,伙计!你以为我是小学生。"

"继续,巴斯特,你可以击中它。"

巴斯特咬了一口苹果,边嚼边抬起手臂。然后他突然弯下身子,猛地挺直身子,左脚离开地面,右臂向前挥去。

砰!

苹果击中了柱子,被摔得粉碎。

"我怎么跟你说的?伙计,那个烂苹果就像你用猎枪把鹌鹑打得稀巴烂一样。"

"这就是你所说的控制。"巴斯特说道。

"我不知道你管它叫什么，但如果你要向我扔块砖头我可要恨死你了。"莱利说。

"胡说八道，你看见我扔什么了。你想看投球，你就等着穿过游艺场去格里耶湖游泳时看吧。伙计，那些黑鬼的力气能让扔在空中的可口可乐瓶子爆炸！"

莱利笑得直不起腰来。

"巴斯特，你最好别再吹牛了！"

"我没吹牛，伙计。你可以问问别人。"

"伙计，伙计！"莱利笑了。口水在他的嘴角上泛起白沫。

"到我家坐一会儿吧。"巴斯特说。

他们拐过一个弯，穿过了一小块草地走进灰色的农舍小院。一阵微风吹过门廊，莱利闻到一股干净清新的味道。门廊的木板已被洗成了白色。巴斯特还记得他母亲洗完衣服后用肥皂水刷洗门廊的情景。他试图忘记那些衣服。

一只苍蝇在门帘前嗡嗡作响。莱利躺倒在门廊上，一双赤脚荡来荡去。

"等一下，我看看家里有什么吃的。"巴斯特说。

莱利仰面躺着，用胳膊蒙住眼睛。"好吧。"他说。

巴斯特走了进去，驱赶着门口的苍蝇。他走过小房间时，听到母亲在厨房忙碌的声音。她正站在窗前熨着衣服。当他走进厨房时，她转过头来。

"巴斯特，你去哪儿啦，你这个懒虫！我想让你来帮我搬浴盆！"

"我去了莱利家，妈妈。我不知道你找我。"

"你不知道！天哪，我真不明白为什么我有一个像你这样的孩子。我拼命工作就是为了让你看起来体面些，这就是你回报我的方式。你不懂吗！"

巴斯特沉默了。事情总是这样。他原本想帮忙的，他本打算做正经的事情，但总有一些事情耽搁了。

"为什么还站在那儿，像一头垂死的小牛犊？我这里不需要你了，出去玩吧。"

"好的，妈妈。"

他转过身，慢慢地走出后门。

他走下门廊，蹑手蹑脚地跨过被太阳晒得滚烫的木板，那只猫用背拱着他的腿。台阶周围的地面仍然有些潮湿，泛着白色，是妈妈倒肥皂水的地方。一股水流从消防栓里迅速地流出来，在阳光下闪闪发光。突然，他想起了进屋的原因。他停下来，喊道：

"妈妈……"

"你叫我干什么？"

"妈，晚饭吃什么？"

"天啊,你满脑子想的就是你的肚子。我不知道你饿了。如果你饿了,回来给你弄些鸡蛋吃。可我忙得停不下来——看在上帝的分上,别烦我!"

巴斯特犹豫了一下。他是很饿,但在妈妈不高兴的节骨眼上,他不能留在她身边。每当她和白人出了什么问题时,她总是这样。她的声音就像给了他一记耳光。他慢慢地绕到屋子前面。地上灰尘很厚,脚感觉到了一丝温暖。他低头往下一看,光着的脚趾踩折了一根马利筋,绿色的茎慢慢地在褐色的泥土上流出白色的汁液。一小滴奶白色汁液在他脚趾上闪闪发光,当走到屋子前面时,他把脚伸进了干土里,留下了一个泥巴点。

他倒在莱利身边。

"你吃得这么快?"莱利问道。

"没吃,我妈生我的气了。"

"千万别在意,伙计。我家的人也总是找我的茬。他们认为一个男人想做的就是他们想让他做的。你应该庆幸你没有像我这样的一个老爸。"

"他很刻薄吗?"

"我老爸刻薄得连他自己都讨厌!"

"妈妈已经够艰难的了。那些白人在工作上已经把她气疯了,我还要给她添堵。"

"我老爸也是这样。天啊，他和你妈一样吗？有天晚上，他下班回家，要用一根电线打我的屁股。但是我老妈拦住了他。告诉他不能打我。"

"不知道他们为什么这么刻薄。"巴斯特说。

"我真不知道。我家老头子说现在的年轻人挨打挨得不够多。他说我奶奶以前经常把他们捆在麻袋里，就像抽火腿那样打他们。他也要那样打我。但我妈阻止了他。她说：'你不能把我的孩子当成奴隶对待。你妈把你当奴隶养，但我不会那样对待我儿子，我发誓，我不会让你伤到他一根汗毛！'他也就没有这样做了。伙计，我真高兴！"

"该死！我很高兴我没有那样的老爸。"巴斯特说。

"你就等着我长大吧，伙计，我要痛打我家老头子一顿。我要学习杰克·约翰逊的拳击，这样我就能把他打趴下。"

"杰克·约翰逊，全世界第一位黑人重量级冠军！"巴斯特说，"不知道他现在在哪儿？"

"不知道，我想是在纽约北部吧。不过我敢打赌，不管他在哪儿，都没人敢惹他。"

"你说的对极了！我听卢克叔叔说，杰克·约翰逊比乔·路易斯打得好。说他的腿脚像猫一样灵活。像猫一样快呀！哎呀，你可以把一只猫从房顶上扔下来，它会自己站起来的。天啊，我敢打赌你可以把一只猫从天上扔下来,那狗娘养的会安全落地!"

"我老爸一直在唱:

如果不是

裁判

杰克·约翰逊会杀死

吉姆·杰弗里。"

莱利说。

下午临近傍晚时,太阳从万里无云的天空中落下,很快就会消失在街对面的树丛后面。一阵微风吹过,树上的叶子在阳光下颤动。他们现在沉默了。一只黑黄蜂嗡嗡地从屋檐下飞过。巴斯特看着它消失在灰色蜂窝状的巢里,然后他头枕着双臂,双腿交叉着,想着杰克·约翰逊。街上某处的一扇纱窗砰的一声关上。莱利躺在他身边,嘴里吹着口哨。

我有一双翅膀

莱利盯着桃树，兴奋地睁大了眼睛。此时，就在粉色的花朵刚刚绽放出花蕾的地方，一只知更鸟妈妈正在教小知更鸟如何飞翔。先是鸟妈妈飞了一小段，然后叽叽喳喳地叫小鸟跟着它。但是小鸟不肯动。然后鸟妈妈就飞了回来，啄着小鸟，绕着它转，试图把它从树枝上推下来，小鸟害怕地抓着树枝不放。

飞呀，你为什么不去试试呢，莱利想。加油，小小鸟，不要害怕。但小知更鸟继续在那里扇着翅膀，吱吱叫着。接着莱利看到老知更鸟飞进了旁边的一棵树上。瞧，它在上面要发疯了。飞呀，我打赌我能让你飞起来。他开始躺在巴斯特旁边的门廊上，突然他看见那只小知更鸟拍打起参差不齐的翅膀，开始跳跃。他呼吸紧张起来。小鸟在空中挣扎着，拍打着翅膀，坠落，摔在地上，它的翅膀疯狂地拍打着大地。莱利突然站起来。但它还在原地，挣扎着爬起来，笨拙地飞回了鸟妈妈喋喋不休的地方。

莱利坐回去，他感觉好一点了。"你把我给骗了，"他对小知更鸟低语说道，"你其实并不害怕。只是不希望被长辈打扰。"他感觉好极了。突然他紧张起来。我要给自己找一只鸟，教它怎么飞，他决定了。然后，他转身叫醒巴斯特并把决定告诉了他，巴斯特动了一下，睁开了双眼。

"伙计，我们要做什么，"巴斯特用他沙哑的声音说，"你怎么哪儿都没去？"

莱利紧张的情绪松弛下来。他已经忘了。"啊，因为有人在我们后面紧追不舍，追杀倒霉的教堂雏鸟，妈妈叫凯特姨妈把我关在院子里。"

"糟糕，这些鸽子不属于教堂，"巴斯特说，"它们只是住在那儿，别让其他人发现了，真希望我立刻有那么多好吃的飞禽肉！"

莱利寻找着那只知更鸟，看着它飞落在远处的一棵树上，心里充满了一种奇怪的孤独感。他想，如果不必待在这里，我们可以去找一只鸟。

巴斯特站起来："伙计，我想我知道要做什么了。"

"噢，别走，"莱利恳求道，"我们要找点事做……我说！"他突然灵机一动，"我敢打赌你不知道这首诗！"

"哪一首？"

"这首：

如果我是总统

美国的

如果我是总统

美国的

我想吃好吃的巧克力棒

在白宫门口荡秋千

伟大的——上帝——伟大的，人类——

我会在白宫门口荡秋千！"

"你，莱利！！"

他张大了嘴巴。凯特姨妈站在门口的阴影里，满是皱纹的脸在生气地发抖。

"啊，你啊，啊，你真是亵渎了上帝之名！"

他爬了起来，说不出话来。

"啊，还说你要当总统呢！你知道你妈想把你培养好！你最好别给别人添麻烦，你想，如果白人在背后听到她养了一个想当总统又没有判断力的黑孩子，你妈会怎么样？"

"就是一首诗，"莱利结结巴巴地说，"我并没有恶意。"

"是啊，可那是一首罪孽深重的诗！上帝不喜欢它，白人也不喜欢。"

他朝远处的树上瞥了一眼小知更鸟,显得很温顺,"对不起,凯特姨妈。"

她的脸色变好了些。"你从小就要学会如何生活,这样,你长大后才会有安宁的生活。否则你这一辈子都会四处碰壁。啊,天啊,就像今天,你罪恶的想法让妈妈担心。"她骄傲而坚定地噘起嘴唇。

莱利从低垂的眼皮底下看着她,不是上帝,就是白人。她总是让他感到内疚,仿佛他做了什么他永远不长记性的错事,因此永远也不会得到原谅。就像白人在街上盯着你看一样。突然,凯特姨妈的脸色由阴天转成了极度温和的晴天,这让他有点好奇和不解。

孩子们需要学唱一些赞颂上帝的歌曲,她微笑着,唱起来:

唱给你听

你需要和平鸽的翅膀

飞到上帝的身旁

打败一切

"这是孩子们唱的那种歌。你需要圣灵的翅膀帮你在这个世界上战胜困难,让我们一起来试一次。"

唱啊唱啊。

莱利的喉咙很干。那只小知更鸟飞得无影无踪了。他无助地看着巴斯特,巴斯特扭头看向别处。凯特阿姨停了下来,脸上阴云密布。

"我,我想,我不想……像刚才那样唱,凯特姨妈。"他怯生生地说。

"所以,你现在不想唱了!"她暴跳如雷,"如果我教你那些糟糕的垃圾曲子,你就会唱吧,你就喜欢那种!"

"啊,啊,但这首歌不是垃圾。"

"嘘,再说一个字!我一定要让魔鬼把你抓走,嘘!这会有报应的!"

他慢腾腾地磨蹭着。

"开始,唱!你这个臭小子敢和撒旦作对!你只要记住我的话,深夜十二点之前,你会遇到麻烦,你妈妈会因为你对上帝不尊揍你的!"

他慢慢地走出门廊,走在两幢房子之间的阴影里。

"我讨厌她那样对我乱说话,"巴斯特小声说,"老兄,他们说像你妈妈这样的家人会给你带来可怕的厄运!"

莱利靠在墙边。那首歌的词不错,很有趣。他自己想把"伟大的上帝"的段落加进去,听起来会更好。呸!凯特妈妈让人难以理解——也许她太老了而理解不了男人,她出生在奴隶制时代。她所知道的就是每天晚上去教堂，读《圣经》，而在妈妈白天为白人干活的时候来挑他毛病。她真是有病。那首老歌：如果我有鸽子的翅膀，就唱……唱那首老歌就没有意思啦。

他脸上突然绽放出了笑容。

"嘿，巴斯特。"他小声说。

"怎么啦？"

他沙哑地唱起来：

如果我有鸽子的翅膀，凯特姨妈，

我会吃光所有的糖果，天啊，

拆掉白宫的大门……

巴斯特噘起下唇，皱了皱眉头："傻瓜，你最好别再拿教堂里的歌开玩笑了。凯特姨妈说这是罪过。"

莱利的笑声犹豫不决，也许上帝会惩罚他。他咬了咬嘴唇。但这些歌词一直在他脑海里回荡。很多首歌！《奇异恩典》《多么甜美的声音》《一只牛蛙击倒了他的奶奶》。他感到压抑的笑声在他体内默契地滚动着，就像一颗蓝色的大弹珠。那段"奇异恩典"也是出自教会歌曲。也许他现在真的会受到惩罚。但他不再压抑，靠在房子上笑了起来。

巴斯特警告他说:"你只要一听到那首教堂歌就笑个不停,我要去找其他人陪我一起玩。"

"哦,我可没笑。"他撒了个谎。

"那你笑什么?"

"大概……笑昨天我从教堂的房顶上摔下来……"

"在我们抓那只鸟的时候?"

"是啊。"

"傻瓜,那一点儿也不好笑。你大呼小叫的。你的头还疼吗?"

他摸了摸自己的头。"有点疼。"他说。

"我敢说你一定是吓坏了。"巴斯特说。

"真见鬼。我感觉很好。"

"伙计,别撒谎了,你哭得像个孩子!"

"胡说,我说的是在摔倒的时候。我哭是因为我撞到了头。"

"你想骗我,"巴斯特说,"你喜欢绞尽脑汁。"

"仔细琢磨一下,老兄。为什么那些白人喜欢在飞机上用降落伞跳出来呢?"

"是的,但是你没有降落伞。"巴斯特笑着说。

莱利朝着照射在房后阴影的阳光走去。"伙计,你什么都不知道,"他说。"我们去看看新来的小鸡。"

他们来到鸡窝前,轻轻靠在摇晃的篱笆上,向里面看去。地上散落着谷粒和粪便,坚硬的地上布满了小鸡鸡爪画出的奇形怪状的图案。小鸡满怀期待地看着他们。

莱利指着一群毛茸茸的小鸡,它们围着一只白色的老母鸡跑来跑去。

"那是只老母鸡,"他叫道。"它们真可爱,是不是,伙计?"

"它们很可爱!"巴斯特的眼睛里闪烁着喜悦的光芒。

"我不明白,这些小家伙怎么都大惊小怪的。"

"嘘,伙计,它们在哭。声音最小的哭声就像我的小弟弟,巴伯。"

"妈妈在教堂里就会哭,"莱利说,"她不小。"

"啊,她有时候也会叫,伙计。"

"我不喜欢那样,"莱利说,"他们为什么要喊叫?"

"因为他们能感受到灵魂。这就是原因。"

"那么,是什么灵魂呢?"

"傻瓜,就是神灵!你上过学吧。"

莱利扭动着脚趾穿过铁丝网。

"好吧,我所知道的是,圣灵受到了伤害,我们的身体就会哭泣,伤害受骗者。"他最后说。

巴斯特说:"妈妈说她们哭的时候感觉会好一些。"

"嗯,不管感觉好不好,我看到妈妈像那样哭的时候,会感到很难过，我想把脸藏起来，"他坚定地说，"我不喜欢必须哭了以后才能让你的家人感觉好一点儿。"

他看见两只小公鸡伸着脖子一头扎进院子里，它们拍打着短粗的翅膀，咕咕地叫着。

"鸡是疯了吧！"巴斯特喊道，"看看那两只愚蠢的公鸡！"

莱利用轻慢的手势把它们拨散开。"它们不是公鸡，伙计。那边窝里有一只真的公鸡。"他指着说。

"天啊，好大的一只！那就是公鸡老大！"

"是的，它的名字叫老比尔。"

"老比尔！"

"伙计，它敢鞭打任何带羽毛的东西。"莱利夸口说。

巴斯特钦佩地吹了一声口哨。公鸡身上红色、深绿色光泽的羽毛如丝绸一般，在阳光下闪闪发亮。老比尔对着母鸡咯咯地叫着，昂首阔步地走过去，它那红色的鸡冠骄傲地摆动着。

"你看那个笨蛋，"巴斯特喊道，"它的脚上下抬起时活像一个肥胖的传教士。"

"看它的尖脚，"莱利叫道，"看它的尖脚！"

"该死的！母鸡最好看住那个傻瓜！"

"它能对付它们，伙计。当它用尖脚刺穿另一只鸡时，它就直接骑到身上。"

老比尔轻轻地咯咯叫着,母鸡急忙跑到它爪子伸向的地方。

"伙计,伙计!它是世界上最有战斗力、最雄赳赳的公鸡!"

突然,公鸡拍打着翅膀啼叫起来,它挺起了胸脯,脖子也随着叫声向前拱起。

"听着,去收拾那个混蛋!"

"啊,唱啊,比尔!"

"老兄,它是加布里埃尔!"

"胡说,它是鸡中的路易斯·阿姆斯特朗!"

"吹响金色的小号,天啊……"

"告诉所有的公鸡最好乖乖的。"

"因为它不会因为愚蠢而忍受。"

"老比尔说:告诉所有的狗,告诉所有的猫,它们最好乖一点,否则就加入蝙蝠的行列。"莱利押韵地说,"因为厉害的老比尔在镇上。"

"算了,算了,伙计。它是鸡群中的路易斯·阿姆斯特朗,在玩狐假虎威的游戏。"

"是啊,告诉那只老虎不要装傻……"

"没错。高了半音。"

"伙计,不是每个小号都有半音活塞键。只有哆瑞咪。"莱利唱着。

"是的,是那样。路易斯演奏的时候,是那样。哆瑞咪发嗦啦西,还有半音活塞键!"

他们笑得直不起腰来。老比尔挺起的脖子慢慢弯下去,它那尖尖的嘴巴像剪刀弯曲的刀刃一样分开了。

莱利变得理智了一些。"我的老爸会为那只公鸡感到骄傲,"他说,"如果你要气他,就告诉他比尔被车撞了。死了,我不怪他,因为如果我真的死了,像凯特姨妈说的那样,变成鸟活着回来,我也会像老比尔那样的。"

"我不会,"巴斯特说,"我不会像老比尔那样回来。"

"为什么不?老比尔长得不错,它能像乔·路易斯那样战斗!"

"呸,但它不会飞!"

"真见鬼,它不会飞!"

"难道没有公鸡会飞?"

"我可以证明!"

"荒唐,莱利。你如何证明公鸡会飞?"

"很简单。我要爬到鸡窝房顶上,你把老比尔给我抓过来。"

"噢,不,"巴斯特说,"算了,我可不想和那些尖爪子一起。"

莱利厌恶地啐了一口。"你真让我恶心。"

"真要这样吗?我还是不想进去。"

"那好吧,你上去,我把鸡抱给你。好吧?"

"好吧。我想它离开了地面就不会挠到我。"

莱利偷偷地看了一眼凯特姨妈每天坐在厨房窗户旁的位置,然后走进院子,把身后的门拴好。

"快点,伙计,"巴斯特从屋顶上喊道,"这里好热。"

"别着急,"莱利说,"抓住老比尔需要时间。"

他沿着篱笆悄悄朝老比尔走去。母鸡咯咯地叫起来以示抗议。老比尔愤怒地走来走去,它的头飞快地抽动起来。

"你要小心那个蠢货。"巴斯特喊道。

"你说谁呢?老比尔,快到我这儿来!"

当他伸出手的时候,大公鸡冲了过来,它脖子上的羽毛像毛领一样竖起来,它的爪子在空中翻腾着,发出刺耳的声音。莱利用胳膊挡住了脸。

"抓住它,伙计!"

他猛抓过去,弄得尘土飞扬。老比尔被扑倒在地,又挣脱开了。莱利纵身一跳,眼睁睁看到老比尔就像膨胀开来的鸡毛掸子似的逃开了。

"我怎么跟你说这个蠢货的?"他喘着气说。

"你说错了。看我的!"

莱利对此措手不及。他快速地跟过去,使劲扑到地上。他无法呼吸。公鸡向他扑来,他护住眼睛。公鸡用爪子抓他的腿,用嘴啄他的脸。他感到尖利的爪子刺透了他的衬衫，扎进了他的胸脯里，像凯特姨妈那双邪恶的黄眼睛，在他脸上邪恶地跳动着。当他的手搭在又粗又硬的腿上时，他听到了自己的衬衫被撕裂的声音，被爪子紧紧抓住了，扑鼻而来的是刺鼻的气味。他气喘吁吁地爬了起来。老比尔狠狠地猛击了一下，鳞片般粗糙的腿抵在他手上，尖利的嘴巴啄住了他。

"抓住它，等我下去！"巴斯特嚷道。

"该死的，刚才我差点儿就抓到它了。"他气喘吁吁地说。他把公鸡举过头顶，尽量避免拍打的翅膀接触到自己的脸。突然，他抓住老比尔两侧的翅膀，猛地举过头，他的身子向后一弯，把公鸡甩出了院子。老比尔飞过时，空气中扬起了灰尘。莱利猛地转过身，打了个喷嚏，跑到了门口，然后停了下来。公鸡在抖着羽毛上的灰尘。莱利用眼角的余光看着它，慢慢地，故意从容不迫地走着，以免巴斯特以为他害怕了。在他面前，老母鸡和一群小鸡挡住了他的路线。一种突如其来的冲动，使他突然弯下腰抓住了两只小鸡，迅速地走出了大门。

"傻瓜，你最好从那边上去。"巴斯特提醒道。

"我可不像你那样害怕。"他嘲笑道。但能到外面确实松了一口气。

"接着！"他一边叫着一边爬上了屋顶。

"怎么了？"

"快呀，接住它们，朋友，这些小东西伤害不了你。"

巴斯特伸出胳膊，用他棕色的短手捧着两只黄色的小鸡。

莱利向上一蹿，抓住了倾斜的屋顶。一排棕色的蚂蚁紧张地沿着被太阳晒得发灰的木板往下爬着。他小心翼翼地站起来，放好双手和膝盖，以免压碎蚂蚁。在上面，他把正在叽叽叫的小鸡小心地放进他被撕破的衬衫里。它们很柔软，像一团棉花。

"伙计，这样很容易把它们憋死的。"巴斯特说。

"不会的，我不会把它们憋死的。瞧，它们都不再叫唤了。"

"它们是不叫，但它们的妈妈在叫，你听听它。"

"不用理它，它总是发出声音，就像凯特姨妈。"他说。

"让我来抱一只吧，听见了吗，莱利？"

莱利犹豫了一下，然后把一只小鸡递给巴斯特。

他说："如果你不那么害怕，可以给弄你几只。"

"莱利，你看看它们，离开妈妈后，它们会害怕的！"

"是的，是的。别怕，我的朋友。"莱利咕咕哝哝地说，"我们是朋友。"

"也许这里太热了。也许最好把它们放下去。"巴斯特说。

"我说！我们可以教这些胆小鬼飞！"

巴斯特怀疑地说："我从来没见过小鸡会飞。"

"嗯，它们大概就和小小鸟一样大。"莱利说。

"但是它们没有像小小鸟那样长翅膀。"

"你说的也是。"他失望地说。他寻思起来，如果它们的翅膀长得像小知更鸟那样长就好了。

"嘿！看我的小朋友们都干了些什么！"巴斯特喊道。

他看见巴斯特把小鸡放在他的腿肚子上，小鸡振翅跳上屋顶。

"它想飞，"他喊，"这些小家伙想要飞，但它们的翅膀还不够强壮！"

"没错，"巴斯特赞同道，"它真想飞起来！"

"我要让它们飞起来。"莱利说。

"怎样飞，伙计？"

"用降落伞！"

"瞎说，哪有那么小的降落伞呀。"

"是没有。我们可以用旧布和绳子做一个。"莱利说，"然后这两个小家伙就可以坐着降落伞去找它们的妈妈了。"他的手做了树叶飘落的动作。

"如果它们受伤了，凯特姨妈告诉了你妈怎么办？"

莱利看了看那个房间，凯特姨妈不在那儿。他看着小鸡。

"啊，你这就害怕了？"他嘲笑巴斯特。

"不，我不是害怕。我只是不想看到它们受伤！"

"伙计，我不会让它们受伤的。它们会喜欢的。所有的鸟都喜欢飞，鸡也不例外。看看那边！"他断然指向那边。

一群鸽子盘旋在远处红砖烟囱的上空，它们飞舞的翅膀反射着刺眼的阳光。

"那不是很好吗，伙计？"

"但那些是鸽子，莱利……"

"那也没什么，"莱利说着，用手掌轻轻地拍了拍小鸡，"我们可以让它们一直飞下去，一直飞，一直飞，一直飞！"

"可是我们没有布啊。"巴斯特反驳道。

莱利弯下腰，扯起被老比尔撕坏的衬衫的地方，使劲扯下一块。他以胜利者的姿态得意地拿着那块蓝布在巴斯特面前晃动。

"布在这里，在这里！"

巴斯特扭动了一下说："但我们没有绳子。"

"哦，我有绳子，"莱利说，"我有绳子，而且是很细的绳子。"

他从口袋里摸出一团线，爱不释手地握着。昨天，他看到风筝在屋顶上高高飞翔，线突然断了，风筝晃晃悠悠地甩了出去，不知落到何处。这让他心头一紧，他感受到了看到鸟儿在秋天向南飞时那样的离别之情。

"伙计，看那儿。"巴斯特说，声音里透着心疼。

小鸡的眼睛闭上了，它看上去像死了一样。他停了一下，准备打个结。接着,小鸡那双明亮的小黑眼睛又睁开了。他叹了一口气,拿起那块布,细绳随着微风懒洋洋地飘起来。

"来吧,兄弟。我们准备好让这些可爱的小家伙像小小鸟一样飞起来。"

他停下来,看着空中盘旋的鸽子。

"巴斯特,难道你不希望有人教你和我怎么飞吗?"

"也许吧,"巴斯特小心翼翼地说,"我想我会的。但是我们需要两个降落伞。你怎么能让它俩一起飞呢?"

"你只要把着就行,看着老手怎么来做。"莱利咧嘴一笑。

巴斯特把着小鸡,莱利用一根细绳把它们系在一起,然后绑在降落伞上。

"现在只能指望你了。"他说。他捏住布的中心点,轻轻地把它举起来,把小鸡甩出房顶。他们兴奋地探出头来。巴斯特咧嘴一笑。

"来吧,伙计。"

他们爬到屋檐边上往下看。一只母鸡正在懒洋洋地唱着歌。远处的那只公鸡在向早晨示威,老比尔叽叽咕咕地回应着。

"莱利!"巴斯特叫着。

"出什么事了?"

"要是凯特姨妈看到我们怎么办?"

"去你的，怎么又开始想起她了呢？她在屋里面跟她的耶稣说话呢。"

"嗯——"巴斯特说。

他们坐在房檐边上，双腿悬在空中荡来荡去。莱利激动到有些颤抖。

"你想下去把它们带回来吗？"

"那只公鸡还在下面呢，伙计。"巴斯特说。

莱利假装绝望地摇了摇头，爬下楼梯，进了院子。

老比尔从远处的角落发出了咕咕的警告。

"让它们像在电影里直升机上做的那样，"巴斯特嚷道，"开始！"

"好吧，那就开始吧！"巴斯特喊道。

"连接！"

"连接！这是直飞航班，伙计。"

"好吧，让它们飞下来！"莱利不耐烦地喊道。

然后他看见巴斯特把小鸡和降落伞抛向空中，布就像雨伞一样，而小鸡兴奋地在下面窥看，看着它慢慢地下落，慢慢地，像棉花树上的绒毛。

"从那里下来，嘘！！"

他呼哧呼哧地叫着，全身紧张起来。凯特姨妈正穿过院子走来。他呆若木鸡，像被两块磁铁夹住的一根针。

"莱利！抓住它们！"

他转过身来，看见降落伞像充了气的口袋一样，小鸡像一块黄色的石头把布使劲往下扯着。他试图跑去抓小鸡，却发现自己一动不动地站在那里，只听到巴斯特和凯特姨妈在大喊大叫。然后他跌跌撞撞地走向被盖在布下的小鸡。上帝，保佑它，保佑它。但是当他抱起小鸡时，它们没有发出任何声音，它们的头毫无生气地耷拉着。他慢慢地跪了下来。

一个影子映在地上，变得越来越大。他环顾四周，看到了两只肥大的黑色鞋子。是凯特姨妈，她呼哧呼哧地喘着粗气。

"啊，告诉你，我就知道你今夜十二点之前会有麻烦！你们究竟在干什么？"

他咽了口唾沫，口干舌燥。

"嘿，我问你话呢，小子！"

"我们只是在玩游戏。"

"玩游戏？玩什么游戏？"

"我们……我们在玩飞行游戏。"

"飞行魔鬼！"她怀疑地喊道，"让我看看那破布的下面！"

"就是一块破布而已。"

"让我看看！"

他掀起了布。小鸡们像铅坨一样一动不动。他闭上眼睛。

"啊，知道了！你们杀死了你妈妈的小鸡！"她喊道，"我要告诉她，以姨妈凯特的名义。"

他默默地盯着她。

要是她叫喊的时候没看她，他可能就把小鸡抱起来了。

突然，他像机关枪一样地爆发了。"我恨你，"他尖叫道，"我真希望你早就死在奴隶制时代。"

她的脸抽搐了一下，然后变成黑灰色，似乎对自己的年老相当骄傲。他感到一阵恐惧袭来。

她断断续续地说："上帝会用地狱之火惩罚你。总有一天，你会记得这些话，呻吟，哭泣吧。"

她真的诅咒了他。看着她转身离去，他感到小石子划破了他的膝盖。她痛苦地走开了，她还愤怒地摇着头，她白色的围裙紧紧裹在肥胖的、车轴般的屁股上。

"这些一千九百个小青年简直就是魔鬼，他们到底是什么东西，"她喃喃地说，"简直都是魔鬼。"

有很长一段时间，他茫然地看着地上的小鸡，它们身上散落着粉笔点状的灰绿色粪便。老母鸡小心翼翼地围着他兜圈子，大声地为它的孩子们哀求。他内心战胜了厌恶的心情，抱起小鸡，把线解开，又把它们放下……

它们毕竟飞过一小会儿……

巴斯特愁眉苦脸地望着篱笆外面,他说:"对不起,莱利。"

莱利没有回答。突然,他意识到鸡粪的臭味,于是站了起来,心不在焉地擦着手指,感觉自己裸露的皮肤上有一层蜡状污渍。

如果我不看她,他想。他的眼睛在张望。他沉浸在如此之大的痛苦中,甚至在老比尔冲过来时,他既没有听到羽毛的急速抖动,也没看到展开翅膀发出的光。这一击使他踉跄了一下,他低下头,眼泪汪汪地看见一股鲜红的血从被爪子撕裂的褐色腿上流下来。

"我们差点就让它们飞起来了,"莱利说,"我们几乎……"

一个被割头皮的印第安人

在树林中穿越时,就能听到圆号的声音,它响亮得像金属泡泡在空中爆裂,可以猜测出是一个小型的乐队。仿佛从远处传来的燃放烟花的声音,在傍晚寂静的小山丘里回荡。现在听得更清楚了,肯定是音乐,是乐队奏出的音乐,令人感到很放松。在走进树林的几分钟里,我们一直能听到。但是,此时的音乐让我所有的感官变得异常敏锐,我断定那声音只不过是我耳朵里响起的音乐声。但现在我百分百地肯定了,因为巴斯特停了下来,把头歪向一边,眯起眼睛看着我。他戴着一条蓝色布头巾,耳朵上插着一根火鸡羽毛,羽毛在微风中摇曳。

"你也听到了我听到的声音啦?"他问。

"我早就听到了。"我回答说。

"该死的!真希望这支乐队不在树林里,让我们看看到底都是些什么乐器。你说呢?"

我们继续向前,急匆匆地赶路,一时间走出了树林,站在了一个小山顶上，一眼望去，一条小路通往山脚下的城镇。已是太阳快要落山的时间，向山下望去，乡间红土小路穿过树林，绕过一棵被闪电击倒的白树后，连接着河间路。狭窄的小路穿过麦基姨妈的旧棚屋，继续向前。在小路和棚屋的另一边，一条小河神秘而安静地流淌着。在天空的映衬下，圆号吹得更响了，虽然还离得很远，听起来就像有人在玩转一把新硬币。音乐声飘进耳朵，我们的目光跟随着快速流淌的河水蜿蜒穿过树林，掠过城镇的建筑物和房屋，直到城的另一边，看到高高的烟囱和储存气体的白色大圆球，帐幕飘了起来，白色的云彩和鲜艳的彩旗交相辉映。

此时，我们开始小跑起来，是那种印第安式的小跑，因为我们都背着背包，在树林里和印第安湖上进行的测试使我们备感疲惫。但是，此刻，嘹亮的号角声使我们忘记了劳累和疼痛。就像暮色中的小山羊，我们沿着小路蹦蹦跳跳。剩余的干粮和饭盒碰撞着，叮当作响。

"我们要迟到了，伙计，"巴斯特说，"我告诉过你，我们兜了个圈子，会迟到的。只是，你得像书上说的那样，把那只该死的艾草松鸡糊满泥巴烤了吃。等我们完成这项艰巨任务时，可以烤一头该死的大象了。"

他的声音就像长号上装了一个硕大的弱音器，嘟嘟囔囔地抱怨着，我没有回答，继续往前跑着。我们试过用艾草松鸡代替鸡肉来做烹饪测试，因为巴斯特说印第安人不吃鸡肉。所以我们花了一些时间来追赶一只艾草松鸡并用弹弓射死了它。另外，他坚持让我们在一天之间进行跑步耐力测试、游泳测试、烹饪测试。当然，花费了相当多的时间。我知道这些需要时间，尤其是在我们没有童子军团长的情况下。我们甚至不算一支队伍，只有巴斯特找到的《童子军手册》，而且——正如预测的那样——最难的问题是需要我们自己完成测试。他没有权利争辩，之后，他在所有的测试中都击败了我——尽管我也通过了考试。他坚持让我们今天就开始测试，虽然我们的伤口还很疼，都缠着绷带，而我身上还缝了几针。我本来想等过几天我痊愈了再说，但是，无所不知的巴斯特先生直接挑战我说：一个真正的印第安人硬汉，在医生刚缝完了针后，马上就可以进入测试。所以，既然我们更感兴趣的是成为印第安童子军，而不是简单的童子军，我就直接跑来这参加春季狂欢节，而没有去其他地方。不管怎样，我不知道巴斯特是怎么知道印第安人要做的事情的，当然医生对我们要做的事也不是很了解。他可能是自己编出来的，他怂恿我来到树林，我就不得不溜出来。医生告诉詹尼小姐（就是照顾我的那位女士）让我静养几天，她铁定要我这么做。从她当时做手术的样子可以断定她做过手术——那种没有女人敢吹嘘的手术。

不管怎么说，巴斯特和我已经在树林里了。现在，我们正快速冲下山，要抢在天黑之前到达狂欢节的地点。我开始感到一阵刺痛，是绷带磨破了。当我们拐过一个弯时，我看到了帐篷、照明弹和聚集的人群。这时，一阵微风吹过山坡，迎面扑来，我几乎能闻到棉花糖、汉堡包和燃烧照明弹的煤油味。我们停下来休息，巴斯特笔直地站着，向下一指，就像电影里的印第安酋长一样，用手臂做了一个大扫荡的动作，讲述了他敢于上山的勇气与伟大的精神，他做好了攻击一列货运火车的准备。

"有一大堆……帐篷，那边，"他学着印第安人的腔调说，"烟雾信号说，黑脚族……一堆……臭……小伙子穿着网球鞋跳舞！"

"啊，"我说着，弯下了佩戴着羽毛头饰的头，"啊！"

巴斯特的手臂从东面挥向西面，面无表情地说："烟雾信号说……一堆……臭味！臭脚一堆！"他用拳头击了一下手掌，我看着他鼓鼓的脸颊，咯咯地笑了起来。

"烟雾信号说，你说了一大堆废话，"我说，"我们下去吧。"

我们绕过几棵树，巴斯特的水壶发出叮叮当当的声音。我们周围，除了鸟儿寻找栖息地的声音，一切都很安静。

"伙计，"我说，"你发出的声响和给骡子套马鞍时一样大。不容许印第安童子军在跑的时候发出那种声音。"

"现在不是童子军了，"他说，"我要去帕瓦节上的臭狗狂欢节！"

"是啊,可你在树林里搞那么大的动静,会被剥了头皮的,"我说,"那些印第安人根本不在乎有没有狂欢节——狂欢节对他们来说意味着什么?他们会把你的头皮剥掉的!"

"头皮?"他说着,脸都红了,"该死的,伙计——那个该死的医生上星期把我的头皮剥掉了一块,该死的家伙,差点把我的头皮整个剥掉!"

我差点没笑趴下。"主啊,饶了我吧,"我笑着说,"我们只是两个可怜的秃头印第安人!"

巴斯特跌跌撞撞地走着,抓住一棵树靠一下。医生说这样可以锻炼我们成为男子汉,而巴斯特却说,见鬼,他已经是个男子汉了——他想要的是成为一个印第安人。我们没想过会把我们的头皮剥了。

"你说得对,伙计,"巴斯特说,"既然他把我的头皮剥了,我一定是个疯子。所以我才那么急着要跟其他疯子到那边去。当他们真正开始狂欢的时候,我不能缺席。"

"哦,你会的,秃头首领。"我说。

他茫然地看着我。"你觉得老医生拿我们的头皮做了什么?"

"给他炖了牛肚,伙计。"

"你这个疯子,"巴斯特说,"他也可能把它们当鱼饵了。"

"他能干出来,我要起诉他,赔偿一万亿,千万美元,数不胜数的钞票。"我说。

"也许他把钱给了麦基姨妈,伙计。我敢打赌,她一定能编出一些离谱的咒语!"

"伙计,"我说,突然打了个寒战,"别提那个老女人,她是个魔鬼!"

"天啊,大家都怕她。我倒是希望她掺和我和我爸的事情,我能搞定她。"

我什么也没说——我有点害怕。尽管我见过那个老女人,但她对我来说就像月亮一样,保持着神秘的熟悉感,一叫她的名字就有一种恐惧感。

这个麦基姨妈,是个古怪的人,是鬼魂与灾难的预言者。她住在河边的小屋里,屋子四周长满了向日葵、牵牛花和神奇的野草(妖,在我们印第安语里,巴斯特是这么说的,妖!);老麦基姨妈,一脸干瘪地拄着拐杖走路,夜里尖声咆哮,长着一双圆溜溜、恶狠狠的眼睛,爱出神,会暴跳如雷;麦基姨妈在镇子里的街道上是一位繁忙狂野的传道者,孩子们的狂热追逐者,鼻烟七星,喜欢幻想;头上戴着油腻腻的头巾,身上穿着皱巴巴的格子围裙,脚上穿着破旧的老男人的鞋子;麦基姨妈,没有姐妹,但对我们所有人来说,麦基姨妈(呵呵,妖!)是个算命先生,编造咒语(呀,妖!);麦基姨妈,总会出现在我们身边,在夜里,为农民提供农作物和牲畜方面的咨询顾问（妖!）；她既是草药医生、农作物医生，也是镇上寻找石油的野猫钻探队的神谕（呀呼——嗬!）。这一切事情都有她的身影，一听到她的名字，我就发抖。一旦说出她的名字，对我来说，一切都结束了。我把它交给了强悍的巴斯特。

甚至有些成年人，无论是黑人还是白人，除了巴斯特以外的所有孩子，都害怕麦基姨妈。巴斯特住在城镇的郊区，他对麦基姨妈、玩忽职守的军官以及我们敬畏的人同样不在意。因为我是他的朋友，我为自己的恐惧感到羞愧。

通常和他在一起的时候我会拥有额外的勇气。就像两年前，我们只带着弹弓、一块肥肉和一个长柄煎锅走进树林，三天里靠猎杀兔子、采摘野浆果、从农民地里偷玉米为生。我们同睡在一条被子里，当夜暮降临时，巴斯特讲述了我们长大后离开家乡和家人去寻求世界的美好故事。我没有家人，只有珍妮小姐，在我母亲去世后她把我带走了（我不知道我的父亲是谁），所以离家出走总是吸引着我，而巴斯特喜欢谈论的未来时刻就在我身边的黑暗中隐约出现，充满了温柔与承诺。虽然我们听到一头熊在附近的树林里蹒跚而行，在黑暗中听到一只土狼可怕的嚎叫，是的，还曾经被一只猫头鹰迅速地掠过，但巴斯特一点也不害怕，我在他的勇气的鼓舞下变得勇敢无比。

但对我来说，麦基姨妈是另一种威胁，我对她有敬畏感。

"听，圆号声。"巴斯特说。现在，声音从树林中传来，像夏日阳光下闪闪发光的彩色弹珠。

我们又开始跑起来。现在能跟上巴斯特的步伐，我感觉好一些，因为我也打算去那儿，参加狂欢节，去感受其间的繁杂、汗水、欢笑和所有奇怪的景象。

"听着，伙计，"巴斯特说，"那些蠢货开始用圆号演奏《奇异恩典》了。我们需加快脚步！"

我们跑着，下面的风景在我们脚下闪过。突然间，一座高耸的摩天轮在黑暗中缓缓旋转，它红蓝两色的灯光就像露珠一样，仿佛在清晨能看到的一个巨大的闪耀的蜘蛛网。这时，我们听到了乐队发出的召唤声，中间夹杂着低沉的、持续不断的狗吠。

"听那长号，伙计。"我说。

"听起来他好像要向全世界演奏好多曲子。"

"他在说什么，巴斯特？"

"他在说：妈妈们不会戴它们的。严格地说是没有它们。不要对它们一无所知。"

"不知道什么事，伙计？"

"画画，傻瓜。他说的是画画！"

"你怎么知道的，伙计？"

"我听见他说话，是不是？"

"当然，但是你被剥了头皮，还记得吗？你疯了。他是怎么知道那些人的妈妈的呢？"我说。

"他说他是用他的眼睛看到的。"

"该死！他一定是个偷窥狂。那其他的圆号在说什么？"

"现在大号在说：

他们不演奏，我知道他们不演奏。

他们不演奏，我知道他们不会的。

他们只是不演奏下流音乐的十二人……"

"伙计，你真是个被剥了头皮的傻瓜。那个小号说什么啦？"

"小号？那个傻瓜是个士兵，小号很有象征意义。它在说：

所以你就不演奏了，嘿？

所以你就不演奏了，嘿？

跺跺你的脚，拍拍你的手，

因为我要带他们去乐土……"

"伙计，如果白人知道那个傻瓜在小号上象征着什么，他们会把他赶出这个世界。吹小号的嘴还真臭。"

"你为什么叫他士兵,伙计?"我说。

"因为他偷偷混进了十二人乐队,同时选择了他们,提到了他们的妈妈,还提出要跟他们一块儿战斗。现在听那个单簧管,和小号不同,单簧管述说着甜言蜜语,让人轻松了许多。"

"巴斯特,我告诉你,"我严肃地说,"你知道,如果我们要当童子军的话,就不能总说骂人的话。那些白人男孩不会说一些乱七八糟的东西。"

"你说得对,他们不会的,"他说着,火鸡的羽毛在他耳朵上颤动,"那些家伙不敢承受,伙计。再说,谁愿意像他们一样呢?我呢,我要当一名侦察兵,还要加入乐队!你必须加入,和我们的老小丑们在一起。当他们取笑你时,你不知道该说什么,永远不得安宁。你一定要比他们能说,比他们跑得快,打得过他们,而我的目标不是一直跑或者一直打。永远不要搭理那些白人男孩。"

天越来越黑了,我们继续前进,我已经看到了天上的星星,一瞬间月亮出来了。我听到了别的声音,立即不安地向四周张望,这时,月亮从薄薄的云层后面显露出了镰刀状。在我们左边,我听到一只狗,是一只狗在大叫。我放慢了脚步,看到了篱笆尖尖的轮廓和麦基姨妈院子里一个隐约的奇怪的阴影。

"怎么啦,伙计?"巴斯特问。

"你听,"我说,"是麦基姨妈的狗。去年我路过这里的时候,趁我没注意,它偷袭了我,从栅栏里咬了我一口。"

"嘘,伙计,"巴斯特小声说,"我听见那狗娘养的在里面。你把它交给我吧。"

我们往前挪了一下,就听到狗在黑暗中吠叫。我们刚要过去,它拖着沉重的链子窜向栅栏,使劲拽着拴它的铁链。我们犹豫了一下,巴斯特的手搭在我的胳膊上。我解下绑在腰间沉重的水壶,拿着它,突然间,我的手指一下轻松了很多。我右手紧握着带来的短柄斧子。

"我们还是返回去走另一条路吧。"我低声说。

"别动,伙计。"巴斯特说。

狗又窜到栅栏上,嘶哑地叫着。在犬吠声过后的间隙里,我听到了远处乐队的音乐声。

"走吧,"我说,"我们回去。"

"见鬼,不!我们继续!我不会被该死的狗吓倒的,管他什么麦基姨妈。走!"

我战战兢兢地跟着他朝那条咆哮的狗走去,然后感觉他又停了下来,我听见他从包里拿出了用纸包裹的东西。

"给你,"他说,"你拿着这个继续走。"

我拿起他的背包,跟在他后面,听见他的声音突然因为恐惧和愤怒而变得炽热起来,说:"喂,你这个大嘴巴的笨蛋吸血鬼,我倒要看看你有多喜欢这只艾草松鸡。"就在这时，我被他背包的带子绊了一下，摔倒了。然后我慌乱地爬起来，试图挣脱束缚，并听到狗在吧嗒吧嗒地嚼着东西。"吃吧，你这个贪婪的家伙，"巴斯特说，"看看你能不能像它那样强壮。"我试图站起来，但又被什么东西绊倒了，一个旧炉台在黑暗中轰然倒塌，部分栅栏也倒了，我惊慌失措地爬进了院子。我听见狗示威地狂叫起来，纵身跃过拴它的长链子扑向我，然后又扑向那只艾草松鸡。它快速地向我扑来，但被沉重的铁链向后一拽，便凶猛地转向那只血肉模糊的鸡。我挪开了身体，在炉子和板条箱上挣扎起来，靠在巨大的向日葵秆上，试图回到巴斯特身边，这时我看到了亮灯的窗户，意识到我已经爬近了小棚屋。就在这个时候，我身体紧紧地靠着风雨侵蚀的小屋，挺直了身子。在那里，灯光明亮的房间的窗户边，我看见了那个女人。

一个棕色皮肤的裸体女人，黑色的头发垂到肩膀下。我可以看到她那优美的长背曲线，她的动作像某种慢节奏的舞蹈，前后晃动着。从她手臂和身体的动作看，似乎在收集着什么我看不见的东西，但她又表现出很享受的模样。少女的身体，有纤细圆润的臀部。但是，这是谁呢？当我听到巴斯特的声音从背后的黑暗中传来，"嘿，伙计，你要去哪儿？你真的抛弃我了？"我想赶快离开——但就在那一刹那，她从一张摇摇晃晃的破旧白色圆桌上拿起了一杯酒，喝起来，慢慢地转过了背对着我歪着的头。她在灯下转过全身时，慢慢地喝着酒，慢慢地，直到我看到她那张容光焕发的女性面庞。

我看呆了，仿佛被锁在那里，她的乳房在闪闪发光的酒杯液体下不均匀地晃动，她的呼吸像流水一样从她的身体里流了出来。然后她放下玻璃杯，我身下膝盖一软，像水一样流动。空气似乎无声地爆炸了。我摇了摇头，但她，那个形象，却不会消失，我突然想狂笑，想尖叫。因为在少女般光滑的肩膀上，我看到了老麦基姨妈那张满是皱纹的脸。

在这之前，我从来没见过裸体的女人，有一两次只见过和我同龄的瘦小女孩，她看起来像个男孩，只是没有男孩的特征。尽管我看到过一些旧挂历，但没有这样生动，也不像在街上看到的那些熟人的模样。我无法理解这种不协调，满脸皱纹与容光焕发的身体之间的不相称。因此，除了害怕因偷看而受到惩罚外，她的神秘也使我感到恐怖。但是，我却无法离开。我被深深吸引住了，听见那只狗在狂叫，感到绷带下有一种温暖的疼痛——同时我又产生了一种新的恐惧，觉得骗人的老太婆会使我产生一种感觉，她会在穿着的那件松垮的破旧衣服下变得年轻。

她又在跳舞了，现在还没有发觉我在看她，灯光照在她的身上，她摇摆着，要把空气、看不见的幽灵或所有东西拥抱在怀里。

每动一下，她的头发就在肩膀上沉重地摆动着。她那如黑夜一样漆黑的头发不再藏在油腻腻的头巾下面了。当她移到一边时，我能看到她高举的双臂下乳房在轻轻地晃动。这不可能，我想，这不可能。于是我走近它，决心要看一看，弄个明白。但我忘记了手里的短柄斧子，直到斧子碰到了房子，我看到她迅速地转向窗户，脸上露出了邪恶的表情。我像石头一样僵在那儿，听到狗的狂吠，撕咬着那只鸡，我知道在她向窗口移动时就应该跑开，她的影子先于她的身体在她前面飞舞，她的头发就像春天洪水中枯树上乱蓬蓬的蛇一样扭动。然后我听到了巴斯特沙哑的声音，嘿，伙计！你到底在哪儿？就在她指着我大声尖叫，让我向后退时，我意识到，镰刀形的月亮像闪电一样在我跌倒的时候一闪而过，我一直紧紧握住的斧子，在黑暗中撞到了我的头。

当我苏醒过来的时候，有人抱着我，我躺在光亮中，抬头看到了她的脸。意识很快把我带回到刚才，我又一次意识到光滑的身体和满脸的皱纹之间的对比，刹那间经历了一阵温暖而又痛苦的震颤。她把我紧紧地抱在怀里，她的气息扑面而来，带着甜甜的酒味，嘴里嘟囔着，"小恶魔，喝酒的嘴唇永远碰不到我的嘴唇，那是我对他说的，明白吗？永远都不，"她大声说，"你明白吗？"

"明白，夫人。"

"永远、永远、**永远**！"

"是，夫人。"我说，看见她眯起眼睛打量着我。

"你还年轻，但你的年轻可以理解为，你真是个魔鬼。你在我的院子里胡闹什么？"

"我迷路了，"我说，"我是来参加童子军测试的，我就是想躲开你的狗。"

"我听见了，"她说，"它咬了你？"

"没有，夫人。"

"当然不会，它新月的时候不会咬人。不对，我想你是到我的院子里来监视我的。"

"不，夫人，我没有，"我说，"我只是在跌跌撞撞找路的时候碰巧看到了亮光。"

"你带了一把大斧头，"她低头看着我的手说，"你打算怎么处理它？"

"这是童子军的斧头，"我说，"我用它穿过树林。"

她怀疑地看着我。"这么说，"她说，"你是个厉害的打手，却停下来偷看。我想知道的是，你是酒鬼吗？你碰过酒吗？"

"酒吗？没碰过，夫人。"

"这么说你不是个酒鬼，可你是教会的人喽？"

"是的，夫人。"

"你被拯救过，彻底改掉坏习惯了吗？"

"是的，夫人。"

"好吧，"她噘起嘴唇说，"我想你可以吻我了。"

"夫人？"

"我是说，你通过了所有的测试，还从窗户里偷看。"

她抱着我躺在一张帆布床上，双臂搂着我，好像我是一个三岁的孩子，她笑起来像个小女孩。我能看到她洁白的牙齿和下巴上长长的汗毛，这就像一场噩梦。"你偷看了，"她说，"现在做你该做的事吧。我是说吻我，不然我就收拾你……"

我看到她的脸靠近了，感觉到她温暖的呼吸，我闭上眼睛，试图强迫自己。我对自己说，就像在教堂里亲吻某个汗流浃背的女人，某个珍妮小姐的朋友。但这没有用，我能感觉到她在引诱我，我感觉她的嘴唇和我的嘴唇碰在一起。她的嘴唇又干又硬，带着酒味，我能听到她的叹息。"再来一次。"她说。我的嘴唇又一次碰到了她的嘴唇。突然，她把我拉到她身边，我能感觉到她的乳房轻轻地贴着我，她又一次叹了口气。

"真是个好小伙，"她说，声音和蔼可亲，我睁开了眼睛，"现在可以了，你太年轻，也太老练，但是你很勇敢，是一个巧克力色的英雄。"

现在她动了一下，我第一次意识到我的手伸向她的胸口。我内疚地挪动它，她站起来的时候，我的脸通红。

"你是个勇敢的年轻人，"她用深情的目光看着我说，"可是你得忘了今晚这里发生的事。"

我坐了起来，她站在那里，带着神秘的微笑俯视着我。此刻，在昏黄的灯光下，我能近距离看到她的全身。看到令人惊讶的柔软的黑发中夹杂着灰色的头发，我突然大哭起来，恨自己那不可抗拒的需求。我看着地上的斧子，想知道她是怎么把我弄进窝棚的，泪水模糊了我的双眼。

"怎么了，年轻人？"她说。我不知如何回答。

"怎么啦，快说！"

"我在手术中受伤了。"我沮丧地说，知道我的眼泪很难理解，无法用语言来表达。

"手术？哪里受伤了？"

我看向别处。

"你伤到哪儿了？"她问。

我看着她的眼睛，它们似乎要看穿我，直到我不情愿地指向我的伤口。

"把它打开，让我看看，"她说，"我是个治疗师，你知道吗？"

我低下头，仍然犹豫不决。

"那就打开吧。你包了那么多层布，我怎么看得见呢？"

我的脸现在像火一样灼热，绷带下面湿漉漉的，疼痛似乎减轻了。但不能拒绝她，我解开衣服，看到纱布上有一块红色的污渍。我羞愧地躺在那里，抬起眼睛。

"嗯，嗯，"她说，"这么糟糕的包扎！"我简直不敢相信自己的耳朵。然后她看着我的眼睛，笑了。

"包扎，"她用老妇人高亢的嗓音咯咯地笑着说，"包扎。年轻人，你包扎了。我是个医生，但不是看树木病的医生——不，你还是躺一会儿吧。"

她停顿了一下，我看到她的手向前伸了过来，三根细长的手指温柔地握住我，仔细查看着绷带。

我既羞愧又生气，我带着一种既怨恨又骄傲的神情盯着她看。我是个男人，我心里默念道，我还是一个男人！但我的目光在她脸上只是短暂地停留了一下，因为她眼睛里闪烁着光芒。然后我垂下眼帘，强迫自己大胆地看着她。在灯光下，她皮肤很黑，所有的身体器官都暴露在我眼前，那是肉体和血管勾勒的球形曲线。那时，我对它的神秘感知更加深刻了，因为现在看来，她的赤身裸体只不过是另一层面纱，就像她经常穿的那件宽松的连衣裙一样。接着，我看到她的腹部有一道长长的褶皱的新月形伤疤。

"你多大了，年轻人？"她说，眼睛突然转了过来。

"十一。"我说。就好像我开了一枪一样。

"十一！滚出去！"她尖叫起来，向后退了两步，眼睛瞪着我，一边摸着桌子上的杯子想喝水。

然后她从椅子上扯下一件旧的灰色长袍,笨手笨脚地摸索着本没有带子的领子。我起身,跪下拿起斧子时,我的眼睛看着她,感到一阵剧痛袭来。然后我直起身子,整理好我的短裤。

"你走吧,你这小流氓,"她说,"赶快离开这儿。如果听到任何你说的关于我的事,我会收拾你爸妈。我会收拾他们,听见了吗?"

"听见了,夫人。"我说,我觉得我突然失去了男人的气概,因为我的绷带被藏起来了,她那秘密的身体也藏在了那件旧的灰色袍子后面。可是我没有爸爸,她怎么收拾我爸呢?还有我的母亲,她是什么时候死的呢?

我挪了挪身子,倒退着出了门,消失在黑暗中。然后她砰的一声关上门,我看到窗户里的光线越来越强烈,她的脸面对着我,我不知道她是在皱眉还是微笑,但在灯光的照耀下,皱纹消失了。我被背包绊了一下,于是捡起背包,离开了。

这一次,那条狗抬起身,它的身体在黑暗中显得很大,绿色的眼睛闪闪发光,对我发出了一声冷漠的低吼。我想,一定是巴斯特把你收拾了,但是他去了哪里呢?我穿过栅栏走到了小路上。

我想跑,但又害怕再次引起疼痛。当我走动时,她背对着我转过来的样子以及那些甜蜜又不沉醉的动作不断出现在我脑海里。就像一个人在跳舞,又像没有跪着的祈祷。然后她转过身来,露出熟悉的面孔。我走得更快了,突然间我所有的感官都快活地唱起歌来。我听到夜莺的歌声、鹌鹑发出清晰的叫声,在我右边的河面上,有一条鱼从月亮的倒影上跃出水面,我可以看到溅起的浪花流向远方。空气中弥漫着紫藤和月桂花的香味。此刻,我在黑暗中穿行,回想起她身上那股温暖而迷人的气味。突然间,随着狂欢节的呼喊声再次袭来,整件事情变得稀薄而梦幻。那些影像在我脑海里流淌,变得朦胧,没有地方可以装下别的东西。但我的痛苦依然存在,我在黑暗中穿梭,奔向那支喧闹的小乐队。我知道这是真的。于是,我在小路上停了下来,回头看见了小屋黑色的轮廓和稀薄的月亮。小屋后面是覆盖着幽暗树木的小山,我知道湖水隐藏在那里,倒映着月亮。一切都是真的。

有那么一刻,我觉得自己老了许多,仿佛我的生活被飞快地推向遥远的未来,又被迅速地拉了回来。我试图回想起我吻她时的情景,但在我的唇上,我的舌头只感觉到了一点点酒的味道。我会永远记住,除了这个味道,还有她下巴上杂乱的头发,其他的都消失了。我又听到了威严的圆号声,于是继续朝狂欢地走去。另一个被剥了头皮的印第安人在哪儿?巴斯特去哪儿了?

海米的公牛

我们四海为家，没什么特别的地方可去，早就放弃了找工作的希望。我们到处游荡（十几个黑人男孩在L&N的货运列车上流浪）。我们从伯明翰转到芝加哥的世界博览会，公牛在站台上遇到我们，会立即转过身，在我们的头上拍几下作为礼物。如果你曾经有距离公牛那么近的经历，他是不会放过你的。当你从车厢顶上爬进车厢，试图躲开他们的时候，他们的枪和沉甸甸的警棍会击中你的臀部，你得让他估摸一下你头上的脆弱点，再让他挥舞一下手中的警棍，就像一个男人拿着锤子敲碎黑核桃一样。如果你不遵从他的命令，从行驶的火车车顶爬下去，他沉重的皮靴一定会踩在你的手指上，然后用脚后跟碾压你的手指，就像踩死一只蟑螂那样。如果你还不松手，他就用警棍使劲抵压住你的指关节，直到你放手为止。当你松开手的时候，你会摔在火车轨道旁的煤渣上，你也会发现自己脸朝下滑落的速度比铁轨旁电线杆闪过的速度快多了。然后你才明白为什么我们还高兴得要命，因为我们的头上只是撞了几个大包而已。尤其是如果你还记得芝加哥公牛队和得克萨斯州的斯利姆队一样痛恨黑人流浪汉的事，就不难理解了，他们杀死一个黑人的速度就像一枪打死篱笆上的画眉鸟一样快。

如果你是个流浪汉，就明白遇到公牛是最糟糕的事情。公牛掌握了打头的学问，而且随时准备付诸行动。他们知道打在哪里可以直接把骨头敲碎，而且还摸索出了踢你的绝技，会让你的脊椎骨感觉要缩起来了，就像我们小时候用过的可折叠旧水杯一样。有一次，一头公牛击中了我的鼻梁，我感觉自己就像被丢在小便池里的香烟一样快要散架了。他们会打破你的头，弄碎你的鞋。

但有时公牛也会遇到麻烦，每当公牛在追击流浪汉后不见了踪影，再被找到时便是全身伤痕累累、鲜血淋漓，他们就开始把所有的黑人男孩从货运列车上赶下去。大多数时候，他们不关心是哪个流浪汉干的，因为最重要的是让所有黑人男孩为此付出代价。现在，当你听说我们是唯一带着刀的流浪汉时，你可以把这当作闲话来听，因为我要告诉你的是一个来自布鲁克林名叫海米的流浪汉的所作所为。

我们乘坐的是载满货物的车厢，在几英里前的一个小镇上，列车停下来加水，海米在车站闲逛时开始呕吐。可能是吃了坏的食物，也许不是食物的问题，是他在丛林里用的老穆里根锅的问题。我们喜欢那个地方，那里长满了向日葵，非常阴凉。但不知怎么的，海米病了，骑在车厢顶上。天气炎热，苍蝇一窝蜂地飞进车厢，速度太快使我们无暇顾及。不过，海米的病一定是苍蝇引起的，因为他把晚饭都吐了出来，溅得到处都是。他一定烦死苍蝇了，因为我们可以看到他呕吐出的晚餐从车厢门旁飞过。有一次颜色非常红，就像红衣主教沿着铁轨飞过绿色的田野。仔细想想，那可能真是红衣主教飞过，也可能是别的什么东西，闻起来像农家院子里的泔水。

我们劝海米从车顶下来，但他说他在车厢顶上感觉更好，于是我们就留他一个人待在上面。实际上，我们开始玩起了二十一点赌烟头的游戏，很快就把海米给忘了，也就是说，玩到车厢里黑得看不清扑克牌了。我决定到车顶上去看日落。

太阳在西面形成了个巨大的球体，就像一个篮球要落入篮筐一样，飞驰的列车似乎想在它落下去之前抓住它。成群的苍蝇跟在车厢后面，就像海鸥跟随着船只，只是苍蝇的嗡嗡声淹没在火车的轰鸣声中。四周的田野里，一群群的鸟儿飞向夕阳，它们时而飞起，时而俯冲落下，起起落落，在风中翱翔旋转，就像手中松开了线的风筝一样。

我站在车顶上，感觉风吹得我睁不开眼睛，我的裤子紧紧贴在腿上，我向海米挥了挥手示意。他的双腿卡在隔壁冷藏车厢的通风口处。在昏暗的光线下，他看上去就像一个被绑在角落里的人，手脚都被捆绑着，就像绑匪拍的照片。我又向海米挥了挥手，他也向我挥了挥。刚好火车在下坡，田野弯成了一条曲线，感觉好像坐在旋转木马上。当试图喊叫时，你的声音会变得很小，就像曾经坐在深水潭底敲打岩石时听到的声音一样。所以海米和我，只是挥了挥手。

看到他独自一人我感到了一丝歉疚，希望为他做点什么，但是卧铺车厢里没有水，我断定流浪汉也不会随身带着吃喝的东西。然后，我想过去和海米闲扯一会儿。再往南开几英里，他和其他人都会上另一辆火车。

我站在上面，听着车轮在轨道上发出的有节奏的碰撞声。通常节奏是均匀的，就像哈莱姆区的孩子们在夜幕降临时在路边围着篝火敲打空盒子。我站在那里侧耳倾听，身体微微前倾保持平衡，就像一个滑雪的人。然后想起了我的母亲，两个月前我离开了她，那时甚至不知道自己能爬上货运列车。可怜的妈妈，她极力让我和弟弟待在家里，但她一个人供养我们太久了，我们长大了，不能再让她那样辛苦了，所以我们离开家去找工作。

天越来越黑，几乎什么都看不见了，突然，货运车厢猛地向前一晃，火车的每一节车厢开始加速，互相追赶起来，沿着铁轨颠簸地撞向车头，好像只有追赶上才能使火车跑得更快。然后我低头看了看海米骑坐的地方，只见一头公牛手里拿着警棍朝他爬了过去。

我大声喊叫着让海米当心，但火车的嘈杂声淹没了我的声音，那头公牛靠得越来越近了。我看到，当公牛爬到海米身边时，他还在睡着，双腿卡在排风机口。这时，公牛一把抓住海米把他拽起来，同时开始用警棍抽打他。海米醒了过来，边喊边挣扎。我能看到他的脸。警棍落下时，尖叫声就会传到我趴着的地方，我气愤得几乎动不了。火车像一条长长的黑狗一样飞快地驰骋着，在车顶上，我们就像三只猴子紧紧地抓住车身，正如在马戏团经常看到的那样。最后公牛用膝盖抵在了海米的胸口，警棍挂在他手腕上的皮带上。

时而公牛想挣脱海米的手，把他从车上扔下去；时而，他又用沉重的警棍击打他。海米竭尽全力和那头公牛搏斗着，与此同时，海米的一只手伸在口袋里摸索着。那头公牛打一会儿，寻思一会儿，又接着打，而海米的左手一直挡在公牛的脸上，另一只手在口袋里不停地摸索。

之后，在昏暗的光线下，我看到有什么东西闪了一下，海米手里握着一把刀，开始反击。那头公牛还在用警棍不停地捶打，此时，海米握着刀，举过头顶，用力地刺向公牛。然后，他又俯冲下来，刺向公牛的手腕，只听到一声尖叫。接下来，因为我离得近了一些，看到公牛松开了海米的手。海米抬起身子，像一条蛇一样不停地挥舞着手里的刀，似乎算好了挥刀的部位，直接把刀刺进了公牛的喉咙，又把刀划向公牛的耳朵，最后再刺一刀，把他从车顶上推了下去。公牛在空中停了一下，就像一个孩子从栈桥上跳下河，然后摔在下面的煤渣上。我的脸上感觉到了暖烘烘的东西，当火车停下来往水箱里加水时，我发现公牛的血像水花一样随风吹到了我的脸上。

现在天色已经完全黑下来，海米脱下他的外套，顺着车边扔了下去，他从边上爬下去。他一直站在那儿，直到火车到了山坡地带，速度减下来。火车来到了山坡上的一个小镇。小镇上灯火通明，就像蛋糕里的葡萄干，我靠近了一些，看见海米紧绷身体，向下一跃跳下了火车。他重重地摔在地上，滚出了几米远，然后站了起来。火车走远了，在昏暗的灯光下，已经看不见他了。汽笛呜呜地叫着，火车驶过了小镇，我不知道这是不是我最后一次见到海米。

后来我听说在田间的栅栏上发现了海米的外套，他的弹簧刀还插在公牛的身上。那个公牛从煤渣堆滚进了旁边沿铁轨排列的葡萄藤地里，他躺在虎皮百合丛中，浑身是血。

第二天黄昏时分，货运列车走了几英里后，即将驶进亚拉巴马州蒙哥马利市车站，我们有些担心了。火车进站之前，要穿过一座栈桥。车走得很慢，刚过了河，我们就跳下了火车。突然，我们听到有人喊叫起来，当我们跑到货运队伍的前面时，只见两个公牛——一个个头高，一个个头矮——正用枪管对着我们的头。命令每个人站成一排，好让他们看得更清楚。就在此时，天空乌云密布，一片漆黑。我们知道海米杀死的公牛的尸体被找到了，黑人男孩必须离开列车。但是，这次我们一定是交了好运，因为就在那时，暴风雨来了，火车开始驶离车站。公牛队大声叫喊着，任何人不得回到火车上，于是我们在几个车厢之间兜起了圈子，试图赶上从站台另一端驶出的货运列车。我们成功啦。那天晚上我们在雨中爬上了火车车顶。虽然很不舒服，但我们高兴极了，知道第二天太阳会晒干我们身上的衣服，我们要赶紧去弄些东西，远离海米弄死那个公牛的地方。

我不知道他们的名字

火车开往圣路易斯，我们在货车车厢的顶部紧挨着，车顶上很冷。天已经黑了，车头发动机溅出的火花飞到了我们坐着的地方。有时，煤灰渣夹杂在吹过来的层层浓烟中，吹到脸上。火车猛然启动，颠簸起来，飞溅的火花在黑暗中像舞动的火蛇紧随其后。天气冷得要命，火车跑得很快。黑夜中，圣达菲货运公司的货物在快速地运送着。在左侧几英里的地方，机场的探照灯照亮了黑色的夜空。火车的车顶上面，初秋的天气冷飕飕的，煤灰渣子像风中的沙粒一样拍打在脸上。

"我们要多久才能到圣路易斯？"我对莫里喊道。

"明天中午吧，如果不出事的话，它得玩命地跑。"他对着我的耳朵大喊着。

莫里是我的哥们儿，我是在俄克拉何马城外的向日葵丛林里遇见他的。当火车停下的时候，他爬了下来，坐在我旁边的路堤上。当看着他卷起裤管取下一条腿时，我感到很惊讶。那条假肢是肉色的，残肢是红的。他失去了膝盖以下的部位，被一辆货车压的，这条假肢是一家保险公司送给他的。他告诉我他已经流浪五年了。就在第二天，他救了我一命，使我免于葬送在两辆车之间的轮子下面，他从我这个黑人朋友身上得到的只是那结实的一脚。

一对老夫妇坐在我们下面的车厢里。黄昏时分，火车在前一站停车时，我看见他们缓慢地上了车。我下到车厢里，看到老爷爷把车厢里的牛皮纸撕下来，铺成一排给老奶奶当垫子。对他来说是很有创意的事情。我不知道为什么以前没有人想到这么做——车厢的地板很硬，铺在车厢墙壁上的纸是柔软的。当货车行驶在崎岖不平的轨道上，通常人都要站起来，直到通过为止。或者用手掌撑着地面，随着车厢的摇晃颠簸，你的手就像弹簧一样可以调节平衡。老爷爷的创意避免了妻子的不雅举动。这真是一个可笑的姿势，双手掌心朝下撑着地，双脚踩在地板上，屁股离地刚好够高，以免货车在剧烈颠簸向上弹时颠到屁股。这样做的时候，每个人都会忍不住笑起来，我无法想象老奶奶这样时会笑成什么样。

我回到车顶和莫里会合，但我一下子睡着了。他叫醒了我，我爬了下来。我爬进车厢，里面一片漆黑，我听到老奶奶在咳嗽。由于颠簸和寒冷，她无法入睡。我不想惊动他们，于是灵活地移动了一下身体，把双腿悬在了敞开的车门外。看着远处城镇的灯光，我就这样睡着了。

货运列车一阵颠簸，把我弄醒了，东方出现的一道霞光随着黎明的到来越来越红了。在昏暗的灯光下，我辨别出老爷爷靠着车厢，他不时地点头打着瞌睡，老奶奶躺在他的怀里。这时，货车正经过一个路口，孤独的汽笛声在灰暗的黎明中响起，然后我又睡着了。当我醒来的时候，太阳洒满了田野，一群麻雀从车旁飞过。我本打算天没亮时，在老人家还没看见我之前爬回车顶，但当我爬起来的时候，老爷爷在对面看着我。他们正在吃早饭。

"早上好。"我说。

他对我点了点头，大口嚼着三明治。

我伸了个懒腰，想到车顶上去找莫里。因为没有及时醒过来而使老人尴尬，我感觉很抱歉。在晚上，我和车上的其他人没什么区别，那就无关紧要。既然发生了，我感到对不起他们。在那些日子里，我很难做到不去憎恨，每当我发现自己处于被认为带来尴尬的境地时，我都会感到很难过。我依旧在莫里的帮助下与流浪汉打架。但是我已经学会了不去攻击那些没有攻击性的人，那些只是被动地表达所学到的东西的人。他们是老人。老奶奶是我见过的坐火车中年纪最大的女人，比我的母亲还年长。他们看起来很和善，我不想让他们难堪。

有时我很粗鲁，因为体面就要表现出担心和安分意识。既然你要表现体面，那么你要表现出你的担心，表现出课本上所描述的种族应具有的特有本性。一直以来在别人眼里，我是个令人讨厌的家伙。自从莫里救了我的命，我开始试着去改变。

我刚要往上爬时，老爷爷叫住了我：

"过来一下。"

我想，大概他是想骂我在这里睡着了吧，可能他觉得这个车厢属于他。

火车发出巨大的声响，他示意我坐下。三明治是装在一个小手提箱里的，就在我坐着的地方的前面。和三明治放在一块儿的还有用蜡纸包着的两个大红苹果。老奶奶盘腿坐在牛皮纸垫子上，满脸忧伤地望着早晨的外面。在那个年代，在货运列车上通常看不到他们这样的人。

老爷爷示意我吃个三明治。我摇头拒绝了，但他坚持，我便拿了一个三明治。我在莫里的上衣口袋里放了些吃的，但老爷爷坚持要我吃，我内心有些好奇，想看看接下来会发生什么。三明治做得很好，里面夹着芥末和冷牛肉。

"你要去很远的地方吗？"老爷爷问道。

"去亚拉巴马州。"

尽管他年纪很大，我接受的教育告诉我要叫他"先生"，但我没叫。叫"先生"可以展示你的身份。我知道，在流浪之路上你真的没有身份，大家都是一样的，尽管有些人不明白这点。

老奶奶转过身来，默默地看着我。

"可是亚拉巴马在南部，"老爷爷说，"我们这是在往北边走。"

"是的，我知道。但这样走可以到处看看，以后可能没有机会了。"

"没错。年轻人去旅行是件好事。"

我很高兴他这么想。我离开家是为了挣学费，最后却坐上了货运列车。

我和家人搭乘一辆旧福特汽车前往加利福尼亚时，我搭了便车到了丹佛。黎明之前，我在晨雾中感觉到群山高耸、神秘莫测、超自然的魅力。但是在丹佛没找到工作，我开始四处游荡。我回俄克拉何马州待了一段时间，后来爬上了一趟货运列车。我穿越过奥扎克森林，铁轨的两旁开满了橙黄色的花，点缀着红色的虎皮百合；穿越过堪萨斯州西部，光秃秃的田野里，秃鹰在空中翱翔，黑尾兔在田野里奔跑，扬起了尘土。男孩子和成年男人们拿着棍子追赶着前面成群跳跃的兔子。灌溉渠里的水流湍急，河床干涸的泥土里鱼儿在喘息，在阳光下腐烂。我回到堪萨斯城，路过岩石岛和山丘之王，穿越了托皮卡、威奇托和塔尔萨；从春天到秋天，在俄克拉何马州、堪萨斯州和科罗拉多州都没找到工作。现在已是九月份。

"你到亚拉巴马去干什么？"他说。

"去上学。还要一边工作。"

"你学的是?"

"音乐。"

"很好。黑人出现了很多优秀的音乐家。我们祝你好运,是不是,孩子他妈?"他抚摸着老奶奶。

她收回向外看的目光,远方的一切还留在目光里。

"说什么呢?"她说。

"他要去学音乐。我说我们祝他好运,可以吗?"

"哦,好。祝你好运。你不再吃一块三明治吗?还有很多。"

我又拿了一块三明治,非常好吃。我把它掰开,给莫里留了一半。

"你们从哪里来?"我问。

"从得克萨斯州的梅克西亚一路走来。"

"我从没去过得克萨斯,"我说,"我一辈子都住在俄克拉何马州,从来没去过那么远的地方。"

"太遗憾了,那是个好地方。"

我笑了笑。对他们来说,那是个好地方。但在我的家乡的人看来,据我所知,那里不是很好。

"如果情况和几年前一样的话,我会请你过来玩。我们的大儿子在阿姆赫斯特上学的四年里,一个黑人男孩一直和他相伴,是个好伙伴。"

老奶奶高兴起来。

"我们有一个跟你差不多大的男孩。"她说。

"是吗?"

"是的,"老爷爷说,"他五年前逃跑了。直到六个月前我们才得到了他的消息。现在要去乔普林看他。这对他来说,是个大惊喜。五年前,我们是不会以这种方式出行的。"

"他在密苏里州的乔普林?"

"是的。他明天就要被释放了。我们已经五年没见过他了。那时,他是个好孩子。他一直是个好孩子。"他满怀希望地补充说。

我不知道该说什么。乔普林是密苏里州看守所所在地。

"我希望你能见到他。"我最后说。

"谢谢你。我们很高兴,急切地想见到他。我们有钱的时候,失去了我们的孩子。现在钱没了,我们的孩子要回来了。我们非常高兴。"

"我要上去找我的伙伴了,"我说,"我们得去肯塔基州赶上L&N货运公司去南方的火车!"

"你一定要小心。我们需要更多的音乐家,就像罗兰·海耶斯。你说你会唱歌,是吗?"

"不是唱歌,"我说,"我会弹钢琴。"

"好吧,你要小心。"

谈到她儿子的话题时,老奶奶的脸上仍然容光焕发。

"再见。"我说。

"再见,一路平安。"

他递给我一个包好的三明治,我把它塞进口袋,然后从车厢里爬了出去。

当货运列车在圣路易斯站台慢下来时,我钻进车厢,再次向他们告别。他们是好人。几天后我们进入迪凯特城后,我又想起了他们。我们进城时,公牛们就在站台。他们进了车厢,要找女孩们,把我也带走了,关进了监狱。在监狱里,我了解到了斯科茨伯勒的情况,让我欣慰的是,莫里直接去了蒙哥马利,和学校的官员取得了联系,最终把我救了出去。我坐牢的那些日子里,常常想起那对老夫妇,很遗憾我不知道他们的名字。

难 以 跟 上

火车在凌晨四点驶入市区。沿途经过的三十英里都在下雪,餐车里温暖的空气使得玻璃上结了厚厚的霜。雪在窗台外堆积起来。

餐车上吃最后一顿饭的人很少,向车窗外望去,只见五六只兔子在雪中悠闲地跳来跳去。坐在餐车里很舒服,银制餐具和冰块在水罐里发出的叮当声使人很惬意。火车进入车站时,我们真不愿离开,但是乘务员已经过来换班了,所以我们决定乘坐有轨电车直接到黑人区找个住处。如果马布朗能接待我们的话,她会很高兴。我们走到了有轨电车站,等了一会儿也没等到要乘坐的那趟车。电车疾驰过后,高高架起的电缆线在白色的雪地上留下一串蓝色的火花。

我们站在那里看着电车驶过。

"我们随便上一辆吧,"我说,"电车很快。"

"可以,但是今晚所有的事情都和我们唱反调。"乔说。

"好吧,那我们叫辆出租车吧。"我说。

我感觉越来越冷了。

"所有车都没了,"乔说,"没有出租车,没有电车,计划要泡汤了,有车的概率在百万分之一以下。"

"走回去吧,"我说,"我们走吧。"

乔个子很高,有点驼背,戴着眼镜,脸上带着友好的微笑,走起路来像个运动健将。我跟不上他的脚步。我总是很难跟上乔的步伐。雪越下越大,落下的速度很快,风裹着雪吹到我的领子里。所有人都回家过夜了,雪覆盖了人行道上的路。

"我们到路中间走吧。"乔说。

"可以,"我说,"在路中间走会容易些。"

我们沿着电车在雪地上留下的车辙走下去。雪在地面上已经结成冰,路灯下的铁轨看上去就像香烟上锈迹斑斑的污渍。刚刚落下的雪花很快就填满了车辙。等电车来载客上班的时候,铁轨会被雪掩埋得无影无踪。

街灯和霓虹灯在白色夜空中闪烁时,会让人联想起圣诞节。想起下雪的情景,我就感到很愉快。有个小孩掉在地上的一块红色糖果融化成了一条冰冻的红色溪流,我想起了第一次看到的雪地上的血迹,美丽中带着悲伤。我们这帮孩子一直在玩着新玩具,眼睁睁看着他们把那个人带走。他是被刺伤的,整个晚上,冻僵在那里。

乔和我经过了一个台阶,一只猫突然放声哀号起来。它的主人忘了叫它回家过夜，它的声音听起来就像全世界的人都去佛罗里达了，城里除了它和冰天雪地之外，就再没有其他人。

"听，那个倒霉蛋在说话。"乔说。

"它说它很冷。"我说。

"它活该。真是倒了八辈子霉的猫。"

"还记得那个'马丁来的时候你会在这里'的故事吗？"我说。

"记得，托皮卡的女孩告诉我的！"

"女人会讲很多下流的故事——比男人还厉害。"

"是的，她们可以。"

我们经过一个角落，风把燕尾服吹到两腿之间，拍打着我们的屁股。在远处的某个地方，我们可以听到高架线咯咯作响，还有车轮停下来时嘎吱嘎吱的声音。雪花撒落在乔的蓝色外衣上。沿街的一个商店橱窗里，一只老鼠正在用泰迪熊里的填充物垒着窝。我停下来看的时候，泰迪熊丝毫没有反抗的意思。

"来吧，该死的暴风雪。"乔喊道。

风是从北面吹来的，当迎面顶着狂风时，我们不得不向前弓起了身子。有时还会背对着风而逆行。

"伙计，这还真有杀伤力。"我说。

"你不是个撒谎的孩子。"乔说。

"如果现在在彭萨科拉，你想如何度过？"

"我说，伙计，别问这个。"

"想想明媚的阳光，海湾上空的白云，洁净的海水，来自拿骚和古巴的船只，鱼在蓝色的水中游荡，晚上我们带着女孩和啤酒在绵延的海湾路上兜风，还有那个古巴胖子在唱情歌……"

"你想到了。可这该死的暴风雪不让我去，"乔说，"另外，一路上还有太多滑稽可笑的故事。"

我们正在爬一个陡坡，一整天都没有车经过这里。雪很深，当我们到达坡顶时，感觉就像在高高的草丛中追赶兔子一样。纸片一样的雪迎面飞来，在风中噼啪作响。

"什么鬼东西？"乔说。

我笑了。

一个浑身花白的老头从门口跳了出来。他没穿外套，说话时拖着长腔。

"你们谁能……"

"能干什么？"乔问。

"你们谁能……"

"给他点零钱。"

"我没有零钱。"

"没有，就给他点东西，我们得赶紧离开这鬼地方。"

我给了老头一袋三明治，是从餐车上带回来的。

"谢谢你们，先生们，"他说，"非常感谢。非常非常感谢你们。"

"走吧。"乔说。

老头看了他一眼，然后消失在两栋楼之间。我们在雪地里继续前行。此刻很安静，只有积雪在脚下发出嘎吱嘎吱的声响。

"那个家伙如果明天看见你口袋里还有两块钱，一定骂你是'狗娘养的黑鬼'。"乔说。

"让他骂吧。"我说。

我们走到了很多男孩夜晚跑完步习惯停下来的地方，很高兴到了这里。马布朗经营着这块地方，她做的饭是镇上最美味的。就像回家一样。我们拖着行李，穿过街道，来到汤姆的小店去喝一杯热腾腾的棕榈酒，然后进屋睡觉。汤姆的小店过去是个老店，他把它改成了酒吧和餐馆，小店和汤姆一样黑。里面有一群人围着吧台站着，镍币留声机在播放《夏日时光》。两个家伙在后面的桌子上掷骰子，酒吧另外一头的人在说笑话。一个穿着蓝白格子衣服的姑娘和两个男人在桌旁喝着粉红女郎的饮料。她长着一双漂亮的手，染着红色指甲的指头上戴着一颗闪闪发光的石头。这两人个子都很高，穿着也很讲究。一个块头很大，另一个家伙看上去很凶。他和保罗·罗布森一样魁梧，皮肤的颜色是马布朗称为的深肤色。漆黑得就像伸手不见五指的午夜。

乔说："那个男人让那个女孩感到脸红了。"

"她看起来像个小妖精。"

乔说:"手法和老梅森和迪克森的很接近。"

"见鬼,她和我们一样。"我说。

"当然,我们知道,但他们知道吗?"

"你要知道,这里不是南方。"

"那又怎么样,"乔说,"你听说过这里暴乱的事吗?"

"当然听过,但那是很久以前的事了。"我说。

"可怜的小傻瓜。"乔说。

他喝光了杯子里的酒。酒很好。

"噢,你这个长腿杂种,"我说,"是光荣之洞的老乔。"

女孩和她的伙伴们又要了一轮酒,他们吵闹的声音高起来。她从桌子边站起来,走到大个子的旁边,靠在他的背后,用双臂搂住了他的脖子。她笑了,她的牙齿在红红的嘴唇间闪闪发光。她朝正在吧台里调酒的汤姆高喊道。

"汤米!这是我亲爱的查理爸爸,汤米,"她喊道,"是妈妈的乖儿子。"

汤姆穿着白色的围裙,牙齿洁白,正在调酒,和吧台周围的人说笑着。他的头又秃又黑,在身后酒吧的灯光下闪闪发光。

女孩抚摸着伙伴的头。他咧嘴一笑,继续喝酒。不过他很喜欢这种抚摸和拥抱。她身上散发着浓烈的香水味。

"你不觉得他很可爱吗,汤米?"她喊道。

汤米很忙。

"汤米!汤米!亲爱的!你不觉得我的宝贝很可爱吗?"

"是的,宝贝,"汤姆笑了,"浆果越黑,果汁越甜。"

那个大个子家伙像只大猫一样依偎在她怀里。

"看那个小丑。"乔指着门说。

"确实有点东西。"我说。

就在那人走进灯火通明的房间时,酒吧里的人爆发出一阵狂笑。他站在那里,对着灯光眨着眼睛,身子不停地摇摆着。

他说:"你们这些狗娘养的不会把我这儿搞得一团糟吧?"

他身子继续摇摆着,环顾着四周。

"不,"他说,"或者我该死的家人。"

他膝盖上有一块白色痕迹,估计是在雪地里摔的。

"杰克拿到了证据,已准备好了。"有人说。

"我就是这个意思!"那家伙说,仍然摇晃着身子。

男孩们对他很尊重,没有理他,所以他向吧台走去。

"我喝醉的时候,谁也别惹我,"他说,"我的老板也骗不了我。"

其他人继续喝酒。

"走吧,"乔说,"在老艾克还没来收钱之前,我们到马布朗那儿去。他和他的孩子们看到小女孩,也许会认为她是白人,开始惹

109

麻烦。"

老艾克掌控这个地区的所有俱乐部。

"艾克根本不在乎。"我说。

"快点,巴斯塔德先生,我们得离开这鬼地方。"

"好吧。我已经受够了。"

当我们转身离开酒吧时,老艾克和他的孩子们一大群人从门口挤了进来。在门口从他们身边走过时,可以闻到他们身上的酒味。

"孩子们,不要急。"汤姆喊道。

"不要急,"乔大声回应道,"我们先出去,有急事。"

"好吧,晚安,小伙子们。"汤姆说。

"晚安,伙计们。"女孩说。

酒吧周围的男孩开始唱《女士们,晚安》的曲子,但艾克那群人中有人往留声机里放了一个五分镍币,他们的歌声突然停了下来。

我从门口回头看了一眼,那个女孩非常可爱。她穿着蓝白格子衫,尽管她很兴奋,但笑容仍然很迷人。当那个家伙站起来时,他们只是看着。他依然跟跟跄跄地走着,用一只手背擦着嘴,另一只手扶在椅背,黑黑的脸上露出洁白的牙齿。只是,你还是会不由分说地想看看这个混蛋杂种是什么样子。在南方,人们叫他们"巴克黑鬼",他就是这种。当我和乔一块回到马布朗家时,我想知道他们做了什么。关于那个大家伙，南方有很多这样的人，后来的都跟其他的人一样。他们一定是在奴隶制时期受过训练，就像他们在猎狗身上训练野性一样。在某种程度上，原来具有的品质，在训练之后，就再也没有了。只有一点没有改变，我们是孤独的狼，每个人都试图独自战斗，就像伯明翰的那个人，他独自抵抗了整个警察局的人。有一次，我独战一群混混，那是在去游泳池的路上，经过一帮坐在果园篱笆上的男孩。

"喂喂，黑鬼，黑鬼，黑鬼！黑鬼，我敢打赌你的名字是拉斯特斯。"他喊道。他和我的个头相仿，穿着同样的外套。我从他身边走了过去，但他继续叫着："黑鬼，黑鬼，看那个黑鬼！"所以我说，"你这只白鸟是想打架了。"我转身走了回去。那个男孩继续大喊大叫，直到我走到他跟前，他笑了起来。我当时很生气，在他面前，我一句话也没说。我一把把他从篱笆上拽了下来，一口就咬了下去，然后他大叫起来……我和乔回到马布朗的家，上到二楼的楼梯。在楼梯拐弯处的桌子墙上挂着一张男孩乐队的照片。我在高中的时候读过他们的故事……只听见一个小混混大声喊道："给我上，伙计们！"石头从树上落下来砸在我的头上，他伸出手抓住了我。我正在想着这一切的时候，突然一声枪响，紧接着是四声枪声，从马布朗住的地方传过来。

"我猜，是艾克。"乔说。

"去我房间,我的窗户可以看到汤姆的小店。"

"我知道他不喜欢大块头和那个女孩在一起。"他说。

我们跑上楼梯,向窗外望去。街上,艾克和他的孩子们站在汤姆小店前。一颗子弹打在马布朗家门前的灯柱上,我听到了枪声。他们中大约有七八个人在开枪。

然后,就看到了那个高个子,朝我们这个方向跑来,就像接力赛最后一棒的冲刺运动员。当他跑到有光亮的地方,只见他全身赤裸,胸前是红色的,在光的照射下,他的身体发着红光。乔打开窗户,大个子大步流星跑过时,他的嘴唇在颤动,就像他在数落自己。他喝了那么多酒还能跑得那么稳,真是好笑。在雪地里,他的黑皮肤闪闪发亮,看上去要比保罗·罗布森高大。

艾克和他的孩子们已经停止了射击,开始大喊大叫。我忍无可忍,想对乔说点什么,可他却高声叫喊起来,咒骂着,希望有一挺机关枪。他抖得像一片叶子,简直要疯了。

然后警车声响起,艾克和他的同伙跳上他们的车,立即离开。他们两个轮子的车驶过了街角。每家的窗户都打开了,沿街所有的门也都打开了。乔大声叫我快点,就在我准备离开之前,我看了一眼窗外,只见那个大个子跑到了汤姆小店拐弯处。这时他跑得已经很慢了,他转过街角,一头扎进了站在门口的人群里。

我跑去追乔,因为他被气疯了,可能会单枪匹马冲过去。我踩过厚厚的积雪，走在雪融化的烂泥路上，有一根热气管线直通向大楼。天哪，我想，这个可怜的家伙伤了心，又喝了那么多的酒，他糊涂到都不知道自己要跑向哪儿。我在乔还没到达前抓住了他。当我们赶过去的时候，到达的警车停止了警笛声。警察冲了进来，我们跟在后面。

在房间的后面，大个子只穿着短裤，正躺在几张拼在一起的桌子上，那个胖子正在用瓶子里的什么东西给他擦身子。她在笑。

臭婊子，我想。那个该死的臭婊子。

然后我看了一眼汤姆，他笑得起劲，就连肚子上干净的白围裙也跟着不停地抖动着，刚才在门口的那几个人也在笑，刚从厨房里出来手里拿着一壶冒着热气的东西的服务员塞姆，也在笑。除了乔、警察和我，在场的每个人都在笑。我们停了下来，然后我看着乔，乔看着我。一个警察大声吼道："到底发生了什么事？"乔吼道："是谁开的枪？"

乔看上去仿佛眼珠子都要瞪出来了，脸上扭曲的皱纹布满了汗珠。当警察问是谁向大块头开枪之后，人群中的笑声更高了，然后警察抓住了那个家伙，用警棍让他安静了下来。其他人往后退，但仍有一些人在笑。然后汤姆喘着气，向警察解释起来。

"没事的，孩子们。"他说。

"是的，没事的。"另一个人说。

汤姆拼命地喘着气。警察不相信这里一切正常。

"到底发生了什么事?"我问。

那个胖子的声音依然很高,一直笑个不停。

"别笑了!"有人喊道。

"这是个赌局,年轻人。"汤姆笑着说。

他向后退着靠在吧台上,还在不停地喘着粗气,不小心碰倒了一个玻璃杯。

"打了什么赌?"

"只是打了个赌,哈哈。"

"他伤得重吗?"一个刚进来的人问道。

"看到了吗,艾尔,看到了吗?这就是该死的芝加哥赌局。他们用开枪来打赌!"乔喊道。

他声嘶力竭地大声喊叫着。

"哈哈,天哪,别紧张,年轻人。这只是个赌。"汤姆笑着说。

他终于缓过气来,开始说话了。在后面的大块头呼吸顺畅了些,而那个小矮胖子还在笑,用毛巾在给他擦着身体。

有人说:"艾克是条狗。"

另一个人说:"不,艾克什么都不在乎。"

"天啊,他不应该,他喜欢运动。"

"你瞧,"汤姆说,"查理过去认识米斯塔·艾克的时候,他们还是孩子。查理看见他进来，就想起了他，并请他喝了一杯。"

有人又笑了起来。

"就是这样。"一个家伙说。

汤姆继续说："查理想请米斯塔·艾克喝一杯新加坡司令鸡尾酒，但米斯塔·艾克说那太甜了，不适合他喝。"

"好吧，汤姆，继续说。"一个警察说。

"然后，查理说米斯塔·艾克说错了，因为甜的东西可以给你能量，他了解，因为他是职业足球运动员，每场比赛前都会吃糖。"

"这个说法有意思。"有人说。

"闭嘴。"一个警察说。

汤姆继续说。

"米斯塔·艾克告诉查理，他在撒谎，他看上去已经喝醉了，他应该停止胡闹，停止在大清早和女人们在一起鬼混。所以查理和米斯塔·艾克就打赌，他可以喝下司令鸡尾酒，然后裸体绕着街区跑一圈而不会感冒。米斯塔·艾克接受了他的赌约，让他脱下衣服去跑一圈。"

"是的，是的，所以我猜他跑出去后就中弹了。"警察说。

"不，没有流血。他刚一出发，弗洛小姐就朝他扔了些番茄酱，那几枪是米斯塔·艾克给查理发的起跑信号。"

"真他妈的丢人。"一个进来晚了的人说。门口的人群开始散开,警察去找老艾克。

"我们离开这儿吧。"乔说。

当我们出去的时候,沿街的路灯都灭了,一辆运送牛奶的卡车在雪地上留下了新的车辙。我们走着,我看着乔,他咧开嘴笑了。

"你这个笨蛋。"他说。

我们都松了一口气。我真是松了一口气。

黑　　球

那天早上，我快速地拖了门厅的地，把新的沙子放进了高的绿花盆里，打扫了大厅里的灰尘，把当天晚些时候要焚烧的垃圾倒进焚化炉。这期间，只在取完了约翰逊夫人的牛奶瓶后休息了一下，她刚生完孩子，对我和儿子一向很好。我六点钟开始干活，大约八点我跑到车库那边我们住的地方，给孩子穿衣服，喂他吃了水果和麦片。他静静地坐在高脚椅子上，嘴里吃饭的勺子停下来好几次，看着我嚼面包。

"怎么了，儿子？"

"爸爸，我是黑人吗？"

"当然不是，你是棕色的。你知道你不是黑人。"

"昨天杰基说我太黑了。"

"他是在和你开玩笑。别让他们蒙住你了，儿子。"

"棕色比白色好得多，是不是，爸爸？"

（他四岁，穿着蓝色连衣裤的棕色小男孩，当他和想象中的伙伴们有说有笑时，他的声音和大多数美国黑人一样柔和而圆润。）

"有些人是这样认为的。但是，儿子，美国人比那两者都好。"

"真的吗，爸爸？"

"当然是真的。别再说你是黑人了，爸爸一干完活就回来。"

我给他找了玩具和一本画册，他可以一直玩到我回来。他是一个很乖的孩子，会在我努力学习的下午特别安静，他希望这种安静的时刻能得到一份糖果或一场"电影"。我常常让他一个人待着，而我则在公寓里忙着我的事情。

我回去后就开始擦前门上的黄铜，这时一个家伙走过来站在街上四处望。他瘦骨嶙峋，脸上红红的，那种红是由于长期食用某种食物的原因。在南方的腹地有很多这种人，在西南地区也很常见。他站在那里看着我，当我擦亮黄铜时，我能感觉到他的眼睛在背后盯着我。

我特别注意黄铜，因为对于管家贝利来说，黄铜面和门把手的光泽是检查这个行业的标准。贝利来检查的时间也快到了。

"约翰，早上好。"他会说，眼睛不是看我，而是盯着有黄铜的地方。

"先生，早上好。"我回答，眼睛不是看他，而是看着黄铜。通常从他的脸上都会看出变化。对他来说，我就应该在那里。除了黄铜、他的钱和他办公室里的五六盆植物，我知道他的生活中没有其他真正有趣的事情了。

今天早上一定不能有任何瑕疵。两个在街对面大楼工作的人已经被解雇了，因为有白人需要这份工作。但是我的小孩需要吃饭和照顾，我打算下学期再回到学校。我可不能让人行道上的人破坏我的机会，尤其是因为贝利告诉我在这里的一个朋友，他不喜欢那个"该死的受过教育的黑鬼"。

我太在意黄铜的事情了，当他说话时，我吓了一跳。

"你好。"他说，拉了很长的语调。在慢吞吞的语调背后暗藏着一些东西。

"早上好。"

"看来你在那块铜上花了不少工夫。"

"只是一夜之间，就变得这么脏了。"

这是不可缺少的。当他们确实有话要说的时候，总是变得很亲近。

"你在这儿工作很久啦？"他用胳膊肘支着柱子，问道。

"两个月。"

我干活时转过身子背对着他。

"还有其他黑人在这里工作吗？"

"只有我一个人。"我撒了个谎。还有两个，反正也不关他的事。

"有很多事要做吗？"

"有很多事情要做。"我说。我想,他为什么不进去找工作呢?为什么要烦我?为什么要刺激我想掐住他的脖子?难道他不知道我们不怕用这种方式对付他这种人吗?

我转过身,拿起瓶子,往抹布里倒了很多抛光粉,他从蓝色的旧外套口袋里掏出了一个烟草袋。我注意到他双手上的疤痕,像是被火烧过的。

"抽过杜伦烟吗?"他问。

"没有,谢谢你。"我说。

他笑了。

"不习惯那种烟,是吗?"

"不习惯什么?"

如果这家伙再多说一句,我就会发怒。

"像我这样的人,除了给你一根绳子外,还会给你别的东西。"

我停下来,看着他。他站在那儿微笑着,手里拿着烟口袋。他的眼睛周围布满了皱纹,我不得不回以微笑。我不由自主地笑了。

"你确定不抽杜伦烟?"

"不会抽,谢谢。"我说。

他被那个笑容愚弄了。一个微笑不能改变我和他之间的关系。

"不抽烟也没什么,"他说,"但有很大的不同。"

我又停止了抛光,看他接下来想要说什么。

"可是,"他说,"我有一件真正很重要的事情。也就是说,如果你感兴趣的话。"

"说来我听听。"我说。

我想,这就是他试图欺骗老"乔治"的地方。

"你知道,我是工会的人,我们打算在这个地区建立大楼服务工作者组织。也许你在报纸上看到过?"

"我了解一些,但这和我有什么关系呢?"

"好吧,首先工会会把你的活儿减掉一些。这就意味着工作时间短了,工资提高了,总体上来说工作条件更好了。"

"你真正的意思是,你要进来把我赶出去。工会不需要黑人会员。"

"你的意思是说有些工会不需要。以前是这样的,但现在情况已经变了。"

"听着,伙计。你在浪费我们的时间。你说的该死的工会和其他的都一样——只为白人说话。到底是什么让你这么在乎一个黑人?你为什么要把黑人组织起来呢?"

他的脸变得有点苍白。

"看到这双手了吗?"

他伸出了双手。

"看到了。"我说,我没看他的双手,而是看着他脸上的变化。

"是这样，我的伤是在亚拉巴马州的梅肯县留下的，有人说我的一个黑人朋友，某一天应该是在别的什么地方强奸了一个女人。他应该，太应该了。因为那时我和他在一起，去了五十英里外的地方，我和他打算去借一些种子，事情就发生了——如果真的发生了的话。他们用汽油和火把我烧得伤痕累累，还把我赶出了县城，因为他们说我在帮一个黑鬼，让一个白人女性像在撒谎。那天晚上，他们用私刑处死了他，烧毁了他的房子。他们那样对待他，这样对待我，而我们两个人都在五十英里之外。"

他说话时低头看着伸出的双手。

我只能说一声"天啊"。第一次近距离仔细看他的手，那感觉太吓人了。一定是下地狱般的感觉。皮肤被拉长了，皱巴巴的，看上去就像在油里炸过一样。油炸的双手。

"从那以后，我弄懂了很多东西，"他说，"我一直在做这些事。最开始是佃农们，他们接受了我，我和他们打得火热后就离开乡村，来到城里。先是在阿肯色州，现在来到这里。我走的地方越多，看到的东西就越多，看到的东西越多，要做的事情就越多。"

他正盯着我的脸，他的一双眼睛在红色的皮肤里泛着蓝色的光。他很认真地看着我，我什么也没说，我不知道怎么回答他。也许他说的是实话，我也不知道。他又笑了起来。

"听我说，"他说，"目前，你也别想把一切都弄清楚。今晚开始，在这个门牌号将举行一系列的会议，我非常希望你来参加。你想带什么朋友就带什么朋友来。"

他递给我一张卡片，上面写着地址和晚上八点整的时间。我接过名片，他微笑着，似乎想和我握手，但他转过身，下了台阶走到街上。我注意到他一瘸一拐地走开了。

"约翰，早上好！"贝利先生说。我转过身，他就站在那里，身穿德比黑色长外套，手里握着手杖、戴着夹鼻眼镜。他站在那儿凝视着镶着铜板的地方，就像邪恶的王后在问镜子里的自己一样。

"先生，早上好！"我说。

我早就应该打扫完了。

"那个刚刚离开的人是想见我吗，约翰？"

"哦，不是的，先生。他只是想买些旧衣服。"

他对我的工作很满意，然后走了进去。我绕了个圈子回到宿舍去照顾孩子。已经快到十二点了。

我看见孩子正在小房间的书房里，在一把椅子下面来回地推着玩具小车。

"你好，爸爸。"他喊道。

"你好，儿子，"我喊道，"你今天都做了什么？"

"哦，我开了卡车。"

"我还以为你得站着开卡车呢。"

"不是站着开的那种,爸爸,是这样开的。"

他举起了玩具。

"哦,"我说,"是那种呢。"

"哦,爸爸,你在开玩笑吧。你总是开玩笑,是不是,爸爸?"

"也不是的,当你心情不好的时候,我就不会开玩笑,对吧?"

"我猜不是。"

实际上,他没有心情不好——只是不想让我担心,因为他没有心情不好。

他很快沉浸在玩具卡车的乐趣中,我回到厨房给他准备午餐,给自己热了杯咖啡。

孩子的胃口很好,所以我不必强迫他吃东西。我给他准备好食物后,坐在椅子上看起书来,但我的思绪飘忽不定,所以起身,装了一斗烟,希望可以帮我理一下思绪。还是不管用。我把这本书放在一边,拿起了约翰逊夫人给我的马尔罗的《人的命运》,想边喝咖啡边读。我也想放弃不想那件事情的念头。可那双手总是出现在我的脑海里,我无法忘记那个家伙。

"爸爸。"孩子轻声叫道,我在忙的时候他总是轻声细语。

"怎么啦,儿子。"

"等我长大了,我要去开卡车。"

"你开卡车?"

"是的,像杂货店送肉的人那样,然后我戴的帽子上会有许多纽扣。爸爸,我今天看到一个黑人戴着有纽扣的帽子。我向窗外望的时候,一个黑人开着卡车,爸爸,他的帽子上有两颗扣子。我看得清清楚楚。"

他已经不玩游戏了,仍然跪在椅子旁边,穿着那套蓝色的连体衣。我合上书,久久地看着他。我看上去一定很奇怪。

"怎么了,爸爸?"他问道。我和他解释说我在思考,然后站起身来,走到窗前,向窗外望去。他停了一会儿,然后又开始开他的卡车。

我居住的区域唯一的特点就是很高,可以看到周边的街景。正好是下午时分,阳光灿烂。在路边,一个男孩和一个女孩在车道上打着网球。街的对面,几个穿着鲜艳的日光浴装的小家伙在白色石头建筑前的草坪上玩耍。他们的保姆,除了抬起头时能看到的墨镜外,全身是白色的衣服,她像一幅画一样一动不动地坐在那里,膝盖上放着一本书。孩子们玩耍着,他们的哭声随着风吹到我的耳朵里,我看见一群鸽子俯冲飞到附近绿色的车道上,刚刚要再次盘旋飞起,混乱中,另一个孩子拖着玩具跳上了车道。孩子们看见了他上了车道,结成一群朝他跑过去,这时保姆抬起头,喊叫着让他们回来。她朝那孩子喊了什么，示意他回到刚才离开车库的地方。我看见他慢慢地转过身来，慢慢地拖着玩具，一种像鹰一样拍动着翅膀的鸟跟在他后面。他停了下来，从车道两旁的灌木丛中摘了一朵花，快速地转过身去，看了看保姆，然后顺着车道跑了回去。这个孩子就是杰基，在街对面工作的白人园丁的小儿子。

转过身的时候，我发现儿子站在了我的身边。

"爸爸，你在看什么？"他问。

"我猜爸爸在看外面的世界。"

然后，他问我是否可以出去玩球，因为我马上就要下去给草坪浇水了，所以我告诉他可以出去玩。但是他找不到球的时候，得叫我帮他找。

"可以去玩，"我告诉他，"只是你得要让别人先走，不能挡别人的路，一定不要问其他人太多问题。"

我总是提醒他这些事情，尽管也没起到什么作用。他跑下楼梯，很快我就听到了球打到下面车库门上的撞击声。因为声音不是很大，我也没有让他停下来。

我拿起了书想再看一下，估计是立即就睡着了，因为醒来的时候已经快到给草坪浇水的时间了。我下楼时，孩子不在楼下。我大声叫他的名字，没有回应。然后我走到车库后面的巷子里，想看看他是否在那里玩。有三个大一点的白人男孩坐在一堆旧包装箱上聊着天。我出现时，他们显得有些不安。我问他们是否见过一个黑人小男孩，他们说没有。然后，我继续沿着卡车驶过的杂货店的小巷往前走，问在那里工作的人是否看到了我的孩子。他说整个下午都在柜台卖货，他肯定孩子没来过。我往回走，响起了四点的钟声，我得去浇草坪了。我不知道孩子能去哪里。当我回到胡同时，我开始警觉起来。我突然想到，他可能不顾我的警告，去了前面。当然，那就是他想去的地方，坐在前面的草地上。我嘲笑自己的惊慌失措，决定不惩罚他，尽管贝利已经给我下了命令，没有我陪着他不能独自在草坪出现。这么大的男孩子会迫使你做出这种事。

当我绕着房子走过四季常青树时，我听到了孩子的哭声，是其他孩子没有的哭声。我绕过去时，发现他站在窗前，满脸都是泪水。

"怎么了，儿子？"我问，"发生了什么事？"

"我的球，我的球，爸爸，我的球。"他抬头望着窗户叫道。

"好了，儿子。但你的球哪儿去了呢？"

"他把它扔进了窗户。"

"是谁扔的？是谁扔的，孩子？别哭了，告诉爸爸。"

他试图停止哭泣，用手背擦去眼泪。

"一个白人大哥哥让我把球扔给他，他接过球就扔进窗户里跑了。"他指着窗户对我说。

我抬头一看,正好贝利出现在窗口。球被扔进了他的办公室。

"约翰,那是你的孩子吗?"他厉声说道。

他气得满脸通红。

"是的,先生。但是——"

"他扔进来的那个该死的球,砸坏了我的一盆植物。"

"是的,先生。"

"如果再让我在前面看到他,你就不要做了,知道吗?"

"知道了!"

"如果我在这附近再看到他,你会发现自己在黑球后面。马上把他送到后面去,然后到这儿来把他弄得一团糟的地方打扫干净。"

我狠狠地瞪了他一眼,然后伸手拉起孩子的手,把他送回宿舍。我们往回走的时候,我感觉眼睛模糊得看不清,绕过房子时,跌跌撞撞地被常青树绊了一跤,划伤了自己。

孩子现在不哭了,当我低头看他时,我手上的疼痛让我注意到手在流血。我们上了楼,我让孩子坐在椅子上,然后找了碘酒涂在手上。

"年轻人,如果要问我问题,我会告诉你得先把脸好好洗一洗。"

他当时没有回答,但当我从卫生间出来时,他似乎更想说话了。

"爸爸，那个人是什么意思？"

"想说什么，儿子？"

"那个黑球。你知道的，爸爸。"

"哦，那个。"

"你知道，爸爸。他是什么意思？"

"儿子，他的意思是，如果你的球再次扔进他的办公室里，爸爸就要跟在旧黑球后面去追它。"

"哦。"他说，又沉思起来。过了一会儿，他对我说："爸爸，那个白人看起来不像好人，对吗，爸爸？"

"你为什么这么说，孩子？"

"爸爸，"他不耐烦地说，"任何人都能看出我的球是白色的。"

那天，我再次看了他很久。

"是的，孩子，"我说，"你的球是白色的。"我想，反正大部分是白色的。

"我是要玩黑球吗，爸爸？"

"将来吧，孩子，"我说，"将来会玩的。"

他已经玩过球了，他以后会发现的。他已经在学习游戏规则，但他还不知道。是的，他会玩球，的确，可怜的小孩，一直玩到厌倦为止。我玩的是旧球。但我以后会告诉他规则。

当我把水管拖出去浇草坪的时候,我手上的伤口在隐隐作痛。我低头看着手上的碘酒痕迹,想起了"油炸手"。我把手伸进口袋,看了看他给我的那张卡片是否还在。也许旧球除了白色以外还有其他的颜色。

宾果游戏之王

他面前的女人正在吃烤花生，闻起来很馋人，他几乎控制不住饥肠辘辘的自己。他饿得睡不着，希望他们快点开始宾果游戏。在他右边，两个家伙正在喝纸制包装的酒，黑暗中发出咕嘟咕嘟的轻微声响。他的肚子在叽里咕噜地低声呻吟。他寻思着要是在南方，只要探过身子说"女士，请给我点儿花生"。女士便会不假思索地把花生口袋递过来。他还可以用同样的方式讨一杯酒喝。南方的人就喜欢在一起扎堆儿，他们甚至互相不认识。但这里就不一样了。问别人要东西，人们会以为你疯了。我没疯。我只是穷困潦倒，没有出生证明，不能去找工作。因为没钱请医生，劳拉已"病入膏肓"。但我还是很清醒。此时，他朝银幕瞥了一眼，男主角悄悄地走进了一个黑洞洞的房间，手电筒照射在一排书架上，他心中油然升起了一丝怀疑。他记得，他发现那里有个暗门。有人会突然穿墙而过，女孩被绑在床上，四肢张开，衣衫褴褛。他暗自沾沾自喜。这个影片他已经看过三次了，这是最好看的一幕。

他右边的那个家伙睁大了眼睛,向他的同伴低声说道:"伙计,看那边!"

"该死的!"

"我想把她捆成那样吗?"

"嘿!那个傻瓜给她松绑了!"

"噢,伙计,他爱她。"

"爱还是不爱!"

那人不耐烦地在他身边走来走去,他想掺和进去。但是劳拉出现在他脑海里。很快这个画面令他感觉讨厌,他回头看了看,一束白光是从阳台上方的放映室射出来的,开始光线很小,后来逐渐变大,当它照到银幕时,能看见灰尘在白色光线中漂浮。奇怪的是,光线恰好落在银幕上,而不会照射到别的地方。这是他们安排好的一切。一切都是设计好的。假设他们展示那个被撕破衣服的女孩,女孩开始脱她剩下的衣服,当那个男人进来的时候他没有先给她松绑,而是不管她,去脱他自己的衣服?那可是有看头了。如果是这样失控的情节,上面的人会发狂的。是啊,而且这里会有很多人,你一连九个月都排不上座位!一种奇怪的感觉遍布全身。他一阵发抖。昨天,他在明亮的街灯下,看到一个女人的脖子上有一只虱子。他的手从裤兜里的洞穿过,摸到了大腿上的鸡皮疙瘩和旧伤疤。

又响起了喝酒的咕噜声。他闭上眼睛。这时,电影里响起梦幻般的音乐,远处传来火车的汽笛声。他还是十几岁的时候,沿着铁路的栈桥向南步行,看到火车来了,他以最快的速度跑开,听到汽笛声响起,及时跳下栈桥,落到坚硬的地面,脚下的泥土在颤动。沿着布满煤灰渣的路堤跑到公路,他才松了一口气,回头一看,他惊恐地发现火车就跟在他身后刚刚驶过,他尖叫着跑开的时候,所有的白人都在大笑……

"醒醒,伙计!你这样大喊大叫是什么意思?难道你看不出我们正在欣赏电影吗?"

他感激地望着那个人。

"对不起,老人家,"他说,"我做了个梦。"

"好吧,来,喝一杯。别那么吵了,行不!"

他歪着头,双手颤抖着。那不是葡萄酒,而是威士忌。冷黑麦威士忌。他喝了一大口,决定还是不再喝了,就把瓶子还给了主人。

"谢谢你,老人家。"他说。

现在,他感到冰冷的威士忌在他的身体里开辟了一条温暖之路,流到的地方越来越热、越来越浓烈。他一整天都没有吃东西,饿得头昏眼花。花生的香味像刀子一样刺痛着他,他站起来,在中间过道找到一个座位。可是他刚坐下,就看见一排神情严肃的年轻姑娘。他又站了起来，心里想，你们这些小丫头一定会去什么地方跳林迪舞。灯亮了，他在前面几排找到了一个座位。幕布消失在沉甸甸的红金相间的帘子后面。然后幕启，拿着麦克风的人和一个身穿制服的服务员走上舞台。

他微笑着摸着他的宾果牌。门口的那个人要是知道他有五张牌，一定会不高兴的。不是每个人都玩过宾果游戏。即使有五张牌，他也没有多少机会。然而，为了劳拉，他必须有信心。他仔细地研究了这些牌，每张牌上有不同的数字，每张牌上有个自由孔，然后把它们整齐地摊在膝盖上。灯光暗下时，他佝偻着身体坐在座位上，这样目光从牌上移到宾果转盘上，只需要快速地转动一下眼睛。

在前面黑暗的尽头，拿着麦克风的人按下了一个按钮，按钮的长绳连接着转动的宾果游戏转盘，每当转盘停下来时，他就会报出号码。每次报号的声音一响，他的手指就在卡片上快速划过，核对号码。有五张牌在手，他必须动作迅速。他变得紧张起来，卡片太多了，那人说得太快了，声音很刺耳。也许他应该只选择一个，把其他的都扔掉。但是他很紧张。他身体开始热了起来。不知道劳拉看病要花多少钱？该死，看牌！他绝望地听到那人一连叫了三张牌，他的五张牌都没有中。这样下去他永远都不会赢了……

当他看着第三张牌的一排穿孔时，他瘫坐在那里听到那人又读了三组数字,在跟跄地走上去之前,他尖叫道:"宾果!答对了!"

"让那个傻瓜上去。"有人喊道。

"快上来,伙计!"

他跟跟跄跄地走过过道,迈上台阶,来到舞台上,一道刺眼的光芒使他一时间睁不开眼睛。他感到自己进入了一种神奇的魔力之中。然而,就像熟悉太阳一样,他知道这就是他非常熟悉的宾果游戏。

在他把牌递过去后,拿麦克风的人向观众说了点什么。卡片离开他的手时,一束冷光从他的指间闪过。他的膝盖在发抖。那人走近一些,把卡片和黑板上的数字核对了一下。假如他犯了错误呢?那人头发上的发油让他感到一阵恶心,他往后退去。但那人正在用麦克风读那张卡,他不得不留下来。他紧张地站着,听着。

"在O后面,是44,"那人读着,"在I后面,是7。G后面是3。在B后面,96。N后面,13!"

当那个人对观众微笑时,他的呼吸变得轻松了。

"是的,女士们,先生们,他中奖了!"

观众爆发出一阵笑声和掌声。

"请直接到舞台前面。"

他慢慢地向前移动,希望光线不要太强。

"想要赢得今天晚上36.90美元的头奖,轮盘必须停在双零之

135

间,明白吗?"

他点了点头,曾有太多的日日夜夜,他目睹获胜者走过舞台,按下控制轮盘的按钮,领取奖品。现在他听从指令,仿佛他一百万次走过华丽的舞台赢得大奖一样。

那人开了几句玩笑,他茫然地点了点头。他如此紧张,突然想哭,但很快就克制住了。他隐隐约约地感到,他的一生都是由赌博转盘决定的,不仅是将要发生的,还有已经发生的,他出生、他母亲出生和他父亲出生以来发生的所有事情。它一直在那里,尽管他都没意识到的,分发着他人生中不吉利的卡片和数字。这种感觉仍然存在,他要快速离开。他想,我最好在出洋相之前从这里下去。

"过来,年轻人,"那人喊道,"你还没开始呢。"

他犹豫地走了回去,有人在嘲笑他。

"你疯了吗?"

他对那人的取笑咧嘴一笑,但什么话也说不出来,他知道这不是令人信服的笑容。因为他突然意识到自己正处在尴尬又可怕的边缘。

"年轻人,你是哪里人?"那人问。

"南方人。"

"他是从南方来的,女士们,先生们。"那人说,"从哪里来?对着麦克风说。"

"落基山,"他说,"落基山,北卡罗来纳。"

"所以你决定从山上下来到这里。"那人笑着说。他觉得那人在嘲笑他,但这时他手里被放上了一个冷冰冰的东西,灯光也不见了。

站在轮盘前,他感到孤独,但这是正确的选择。他想起了自己的计划,他会快速转动轮盘,只需按一下按钮。他已经看过了无数次,短而快地转动轮盘,总是接近于双零。他镇静下来,恐惧感消失了,他满怀深深的希望,仿佛他一生所遭受的一切都将得到偿还。他颤抖着按下按钮。轮盘灯光闪烁,一瞬间,他终于意识到,尽管他想停下来,却停不下来。就好像他赤裸的手握着一根高压电线。他神经紧绷。随着轮盘的速度越来越快,似乎越来越吸引他,仿佛掌握了他的命运。随之而来的是一种强烈的需要,要他屈服,要他旋转,要他迷失在这彩色的旋涡中。他知道,他已经无法阻止它了。所以就顺其自然吧。

那人递给他的按钮,他紧紧地握在掌心里。他意识到身边的那个人,正在用麦克风给他出主意,而在他的身后,黑暗中的观众发出嘈杂的嗡嗡声。他挪动了一下双脚。他心里一直有无助的感觉,使他有想回头的欲望,即使头奖就攥在他手里。他使劲按下按钮,直到都感觉被抓疼了。然后,就像地铁里突然响起的尖叫声,两个疑问掠过他的脑海。假如他转动的时间不够长怎么办?他该怎办，他又怎么知道呢？然后他明白，即使他想知道，只要他按下按钮，他就可以控制大奖。只有他自己能决定大奖是否属于他。现在连拿着麦克风的人也无能为力。他觉得醉了。接着，他仿佛从一座高山上下来，走进了人山人海的山谷，听到了观众的叫喊声。

"快下来，你这个混蛋！"

"把机会留给别人……"

"老杰克认为他会转到彩虹的尽头……"

最后一个声音并不是不友好，他转过身来，对着那几张大声喊叫的嘴巴，梦幻般地微笑着。然后他转身背对着他们。

"年轻人，时间别太久了。"一个声音说。

他点了点头。他们在他身后大喊大叫。那些人不明白他发生了什么事。多年来，他们夜以继日地玩宾果游戏，想赢取房租，赚个汉堡包的钱。但是，那些聪明的人没有一个发现其中的奥妙，他看着轮盘上的数字跟随着旋转，感到一阵兴奋，这就是上帝！这才是真正的上帝！他大声说："这是上帝的旨意！"

他说这句话的时候，语气是如此坚定，甚至担心自己会晕倒在脚灯下。但是人群大声喊叫，他们听不见。你们这些傻瓜，他心里想，我想告诉你们这个世界上最美妙的秘密，他们却像疯了一样大喊大叫。一只手搭在他的肩上。

"你现在必须做出选择，孩子。你花的时间太长了。"

他猛地甩开那只手。

"放开我,伙计。我知道我在做什么!"

那人看起来很惊讶,抓起麦克风寻求支持。因为他不想伤了和气,他微笑了一下,突然感到一阵剧痛,他无法向那个人解释为什么他必须永远站在那里一直按按钮。

"到这儿来。"他疲倦地喊道。

那人走过来,把沉重的麦克风电线拽过舞台。

"任何人都可以玩宾果游戏,对吧?"他说。

"当然,但是……"

他微微一笑,觉得这个穿着蓝色运动衫和笔挺华达呢西装,看上去很时髦的白人挺有耐心。

"我是这么想的,"他说,"只要拿到幸运号,谁都能赢得头奖,对吗?"

"这是规则,但毕竟……"

"我就是这么想的,"他说,"而大奖就归那个懂得如何赢得大奖的人?"

那人默默地点了点头。

"好吧,那就到那边去,看我想怎么赢就怎么赢吧。我不想伤害任何人,"他说,"我来展示怎么赢得大奖。我要向全世界演示如何做到。"

他又笑了笑，因为他要让人知道他一点也不在乎白种人的反感和不耐烦。然后，他不再去看那个人，站在原地按着按钮，传到他耳朵里人群的声音，就像远处街道上的声音。让他们大喊大叫。所有的黑人都感到羞愧，因为他和他们一样也是黑人。他会心一笑，心里明白是怎么回事。大多数时候，他为黑人的所作所为感到丢脸。好吧，这次让他们为此事感到羞愧吧。像他一样。他就像一根长长的黑铁丝，正在被拉长，缠绕在宾果转盘上，直到他想尖叫。继续缠绕，但这一次他控制住了情绪，控制住了悲伤和羞愧，因为他控制住了一切，劳拉才会没事。突然，灯光闪烁起来。他踉跄地向后退了一下。出什么问题了吗？所有的噪声。难道他们不知道，尽管他控制着轮盘，轮盘也控制着他吗？除非他永远、永远、永远地按下按钮，否则轮盘不会停下来，他则被困在这座又高、又硬、又滑的小山上，而劳拉会死。只有一次机会，他必须按轮盘的要求去做。他绝望地抓住按钮，惊奇地发现它传递出了紧张的气氛。他的脊椎开始发麻。他感到了某种力量。

现在他勇敢地面对着愤怒的人群，人群的尖叫穿透了他的耳膜，就像自动点唱机里的小号声一样。在宾果游戏灯光下闪烁的模糊面孔给了他一种前所未有的自我感觉。他在操纵局面，天哪！他们不得不对他做出反应，因为他是他们中的幸运儿。这就是我，他想。让那些混蛋大吼大叫吧。这时，他的内心在笑，他意识到自己怎么竟忘了名字。忘记自己的名字是悲伤、失落的感觉，也是疯狂的事情。他的名字是一个白人给他取的，他的祖父很久以前在南方是白人的奴隶。但也许那些聪明人知道他的名字。

"我是谁？"他尖叫道。

"快点，宾果，你这个混蛋！"

他悲伤地认为，他们也不知道。他们甚至不知道自己的名字，他们都是可怜的无名混蛋。好吧，他不需要原来的名字了，他要重生了。只要他按下按钮，他就是那个按下按钮的人，那个拿到大奖的人，那个宾果之王。就是这样，即使没人明白，他也得按下按钮。

尽管劳拉不明白。

"活着！"他喊道。

观众安静了下来，就像一个大风扇停止了一样。

"活下去，劳拉，我的亲人。我知道了，亲人。活下去！"

他尖叫起来，眼泪从脸上流下来。"除了**你**，我什么都没有！"

从他五脏六腑中发出了嘶吼声。他感觉就像被警棍打到了头一样，血从棒球缝中快速喷出。他弯腰，看见一滴血落在他的鞋尖上。他用另一只手摸了摸脑袋。是他的鼻子出血了。天哪，猜猜发生了什么事？他感觉所有观众拥过来，来踢他的肚子，他无法把他们赶走。是的，他们想要奖品。他们想保留这个秘密。但他们永远也得不到它,他会让宾果轮盘永远旋转下去,而劳拉在轮盘上会安然无恙。但她真的会平安无事吗?必须这样,因为如果她不安全,轮盘就会停止,它不能继续转动了。他不得不离开,把所有的东西都吐了出来,他的脑海里浮现出一个个画面:他抱着劳拉在一辆火车的前面,沿着铁轨奔跑,当人们高喊着让他离开铁轨,他拼命呕吐起来,却不知道怎么离开轨道,因为停下就意味着火车将轧过他的身体,他试图横跨到另一个轨道,那就意味着要撞上和他腰一样高的第三条铁轨,铁轨溅起蓝色的火花,刺得他的双眼几乎看不见了。

他听到了歌声,观众在拍手叫好。

把酒给他,吉姆,小子!

鼓掌,鼓掌,鼓掌

——嗯,叫警察

他在吹牛!

把酒给他,吉姆,小子!

听到这歌声,他心中充满了愤怒。他们认为我疯了。好吧,让他们笑吧。我要做我该做的。

他站在那儿认真地听着,突然发现人们在看他身后的舞台。他感到了心虚。当他转过身时,却什么也没看见。要是他的大拇指不疼就好了。他们一直在鼓掌。刹那间,他以为轮盘停了。但这是不可能的,他的大拇指还在按钮上。然后,他看见了他们。两个穿制服的人在舞台的尽头招手。他们向他走来,步调一致,慢慢地,像一支跳踢踏舞的队列,第三次返场。他们并肩向前,他向后退去,疯狂地四处张望。没有什么可以和他们抗衡的。他手中只有一根长长的黑色电线,通向后台的插头,他不能用它,因为它控制着宾果转盘。他慢慢地向后退,盯着那几个人,紧紧地咬住嘴唇,咧嘴一笑。退到了舞台的尽头,然后意识到不能再退了,因为电线突然绷紧了,他拉不动了。但他必须做点什么。观众在号叫。突然,他停住了,看见那些人也停住了,他们的腿像慢动作舞蹈中暂停的舞步一样抬起来。他只好往另一个方向跑,他跌跌撞撞向前冲去。那些人吃惊地往后退。他凶猛地冲了出去。

"抓住他!"

他跑了起来,但他跑得太快了,那根绳子紧紧地拖住了他,抗拒着,他转身又跑了回去。这次他把绳子一下甩了出去,在轮盘前绕了一圈,才发现他没把绳子拉紧。但这样一来,他就不得不挥舞双臂驱赶着那些人。他们为什么就不能让我一个人待着呢?他跑来跑去,盘旋着。

"把幕布拉下来。"有人喊道。但他们做不到。如果放下幕布,通向放映室的闪光轮盘就会被切断。但在他解释缘由之前，他们抓住了他，试图掰开他的拳头。他摔在地上，企图用膝盖来抗争，保护按钮，这就是他的生命。他倒下去了，一只脚狠狠地踩在他的手腕上，他看见轮子在上面安然无恙地旋转着。

"我绝不放弃！"他尖叫道，然后他又一种平静而自信的语气说，"伙计们，我真的不能放弃。"

按钮重重地落在他的头上。在那一瞬间，他们拿走了它。当他看着轮盘慢慢地停下来的时候，他挣扎着从舞台上站起来。他毫不惊奇地看到它停留在双零的位置。

"你看。"他痛苦地指了指。

"当然，孩子，当然，没事的。"其中一个男人笑着说。

看到那个人向他看不见的人低头，他感到非常、非常高兴，他将得到所有获胜者所得到的东西。

但是，正当他在那个男生勉强的微笑中感受到温暖时，他并没有看到那人慢吞吞地眨着眼睛，也没有看到他身后那个弯着腿的人迅速从幕布后走出来给他一拳。他只感到头上隐隐作痛，他甚至无意中知道他的运气已经在舞台上耗尽了。

陌生的国度

在酒馆里,他闭上了眼睛。白色的斑点在他眼前出现,他必须用手遮住眼睛才能看到卡蒂先生。卡蒂先生正在喝酒,当玻璃杯放到桌上时,他看到了卡蒂先生那张苍白的、有一个尖尖的鼻子的脸在向他微笑着。卡蒂先生非常和蔼可亲,他也尽力表现出愉悦的样子。

"船上没有这个。"他说着,一边喝干了杯里的酒。

"你喜欢威尔士啤酒吗?"

"非常喜欢。"

"没有战前那么好喝了。"卡蒂先生悲伤地说。

"战前的味道一定更好。"他说。

他小心翼翼地望着穿着漂亮蓝围裙的女招待,看着她从啤酒机里倒啤酒时,一头黑发懒洋洋地随她飘动,就像在英国电影里看到的那样。他遮住光线,看得更清楚了。在屋子另一边的壁炉旁,炉排上燃烧着煤。两个男人在比试着谁能赢得游戏。其中一人开始唱起了《像爱尔兰士兵那样爱我》，这时卡蒂问道：

"你来威尔士很久了吗？"

"只来了四十五分钟。"他说。

"那么，你有很多东西要看了。"卡蒂先生说着站起身来，拿杯子到吧台续杯。

他看着吉尼斯世界纪录对你有好处的标语，心想：不，我看的够多了。从船上来到岸上，他满心期待去一个陌生的地方。他计划在夜晚逛大马路，在岸上待一整夜，到了第二天早晨，他就可以用崭新的目光来观察这片土地，就像朝圣者看到新世界一样。这似乎不是很无聊，直到在路边宿营的士兵从黑暗中跳出来。有人喊了一声："我的上帝呀。"他以为士兵是从家里出来的，于是咧嘴一笑，在他们用手电光照在他眼睛上时表示了抱歉。他们喊道"是个天杀的黑人！"的时候，他感觉到了猛的一击，但这让他明白了是怎么回事。他在经历这一切时，卡蒂先生和一群伙伴走过来，卡蒂先生把他带进了酒吧。他们喝了几杯麦芽酒，互相介绍，彼此很尊重，避免提到他的眼睛。他被灌输了威尔士民族的历史，他一直在调整心态，适应戴着布帽和窄边帽的人。他们一边喝酒，一边心平气和地交谈。

起初，他把他们归类到他憎恨的人群之中。但由于他们真心实意、放下身段的款待，他也就解除了戒备之心。此刻，愤怒和怨恨慢慢地消退，他只感到一种自怨自艾和无能为力。既然他们提供了善意的帮助，他有什么理由责备他们呢？他属于喜欢听美国口音的人之一。你不能把气撒在他们身上，他们是不同种族的人，甚至来自英国。这是他一直想表达的。卡蒂先生回来了，他把头歪向一边，把香烟的烟雾吐到一边，啤酒的泡沫已流到了手指缝里。

"帕克先生，遗憾地问一句，"卡蒂先生关心地问，"你的眼睛怎么样了？"

"好多了，谢谢，"他说，脸上流露出喜悦，"别担心，只是像一场家庭争吵那样的冲突。威尔士有很多像我这样的人吗？"

"哦，是的！到处都是美国人。黑人和白人都有。"

"黑人？"他想笑。

"是的。还有很多好小伙子。"

卡蒂先生看了一下手表。

"哎呀，哎呀！对不起，我的音乐会要开始了。也许你愿意来？是我俱乐部的小伙子们的演唱——注意，他们不是专业的，但是非常好的歌手。"

"不去了，不去了，我还是不去的好。"他说。当然，他对音乐怀有激情，他的兴趣似乎被唤醒了。

"这是家私人俱乐部，"卡蒂先生劝说着，"只对会员开放——当然也对合适的客人开放。你能来我们太高兴了。也许他们会唱一些你们的圣歌。"

"哦！你们也懂得我们的音乐？"

"非常了解，"卡蒂说，"自从你们的年轻人和我们的在一起后，我们了解到，你们和我们一样热爱音乐。"

"我很想去，"他说着站起身来，穿上了海员外套，"不过，你得给我带路。"

"好吧，离这里不太远。就在大直街那里。"

屋外，一束暗淡的手电光照亮了一条石头路。在潮湿的黑暗中，一群少女正在唱着一首怀旧的叮砰巷歌曲①。他寻思着，走吧，最好还是回到船上去吧，不知道接下来会有什么东西从黑暗中跳出来，也许是第二大道。猜想一下，如果有人带了一个美国佬来，怎么会这么扫兴呢？见鬼，那就让他滚蛋吧。

卡蒂先生领着他走到了一个门口，里面传来一阵低语声。也许，他想，你会听到古老而经典的圣歌《主人长眠不再醒》！

光亮照在他受伤的眼睛上，仿佛有一只无形的手在剥它的皮。他不知道是遮住它，还是随它去，只要不引起注意。又能怎么样呢？

---

① 叮砰巷歌曲 (Tin Pan Alley)，是美国 20 世纪上半叶的白人主流音乐，19 世纪末开始萌芽，20 世纪三四十年代达到高峰。

卡蒂先生在向给他们让出位置的人打招呼。环顾四周，折叠椅整齐地摆放在一排排小桌子周围，一个穿蓝色西装的男人在右侧的钢琴上弹奏着美妙的琶音。房间充满了愉快的气氛。

"两杯威士忌，阿尔夫。"卡蒂先生对吧台后面的人说。

"好的！晚上好。"那人说。

"阿尔夫，这位是帕克先生，"卡蒂先生介绍他时说，"帕克先生，这位是特里夫特先生，我们俱乐部的经理。"

"你好？"他握着特里夫特先生的手说。

"先生，欢迎来到我们的俱乐部，"特里夫特先生说，"你是美国人吧？"

"是的，"他说，并诡秘地打趣道，"一个黑人佬。"

"阿尔夫，我想帕克先生会喜欢这场音乐会的。所以我把他带来了。"

"先生，很高兴你来参加，"特里夫特先生说，"相信您会喜欢的，帕克先生。如果我这么说，是……是……是因为，年轻人太棒了！"

"他们一定很棒。"他说，心里想，他表现得似乎要为此而战。

"各方面都好。"卡蒂先生说。

"先生，祝您健康。"特里夫特先生说。

"为威尔士，"帕克先生说，"也祝你们健康。"

"上帝保佑美国。"特里夫特先生说。

"祝福你们,"帕克先生说,"祝福美国。"

他注意到特里夫特先生刚要提起他的眼睛,令人高兴的是卡蒂先生准备走开了。

"过来,帕克先生。我们先要选好座位。"

他们坐在靠前的地方,歌手们开始分组演唱。这时,酒的热度正慢慢地传遍他的全身。第一个报出的节目是一首被改编的无伴奏合唱,威尔士歌曲给人距离感,干净的和声听起来很遥远。只见那些人排好队,乐队指挥举起手来,接着是快速、急促的歌声和准确的和声。

混杂的声音使他措手不及。温暖而丰富的音乐给他带来了愉快与惊喜,并听到了独特的威尔士语质朴歌曲的回音,就像俄罗斯民歌一样回味无穷。

"太棒了。"他低声说,看到卡蒂先生会心地一笑。

他环顾四周。听众们沉浸在相互交流中,一边喝着饮料,有的抽着烟斗或香烟。慢慢地,大厅里弥漫着融洽的气氛。歌手们开始唱起了另一支歌,虽然他听不懂歌词,但他在慢慢地接近并理解它真正的含义。紧接着,一种熟悉的、伤感的、疏远的情绪攫住了他的喉咙。

"是一首关于威尔士的歌吗?"他问道,揉着眼睛。

"没错!"卡蒂先生叫道,"这一首曲子讲述了我们打败英国人的一场战役。没有什么比音乐更能表达内心的情感了。不需要任何语言。"

卡蒂先生的脸泛着温暖的红晕。他很高兴我理解了这首曲子。当歌者用低沉的声音唱歌时,他感到精神越来越振奋。他应该多去了解威尔士人的历史和艺术。他暗自想,如果能拥有他们所拥有的东西就好了。他们的国家比我们的小很多,但我不记得我们有哪首歌是表达对国土的热爱。除了《圣经》中的时代歌曲,也没有其他关于战争的曲目。他的脑海里出现了一个俄国农民,跪在地上亲吻着大地,站起身来满眼泪水,带着狂喜的呐喊投入战斗。此刻,听着他们的歌声,他感觉到了深切的渴望,期待这种爱国的痛苦与欢乐。

"你看见那边那个红脸的家伙了吗?"卡蒂先生问。

"看到了。"

"他是个矿场主。"

"其他人呢?"

"一个一个来介绍,最后的男高音是矿工。琼斯先生,在中间,是一个屠夫。而他旁边的黑皮肤男人是一名工会职员。"

"从他们完美的和声中,你永远猜不到他们的身份。"他微笑着说。

"当演唱歌曲时,我们就是威尔士人。"卡蒂先生说完后,下一个节目开始了。

帕克笑了,突然意识到他以前只在混合即兴演奏会上才体会到的那种豁达。先生,在即兴演奏时,我们就是即兴手艺人!他喜欢这些威尔士人。即使是在船上,共同面对的危险让结成战斗的同盟容易理解,他也没和白人像现在这样亲近。

就像经济共同体,他心里想着。这是音乐共同体,一种"直觉语言","爱的食粮"。继续下去,傻瓜。躲在那只昏昏沉沉的眼睛后面。陶醉在其中。好吧,我会的。亲爱的威尔士,我向你致敬。我借着你美妙悦耳的歌声亲吻你高傲的灵魂。怎么样?太好了。里面有隐喻,但还不错。再多一些,奥赛罗。奥赛罗吗?真的是,而且很神奇。尽管如此。确实如此:啊,我美丽的勇士国度,因为你,在一次混乱的战争中获胜?帕克,实事求是。记住他们对奥赛罗做了什么。不,是他自己干的。他不相信他的女人,也不相信他自己。我知道,所以伊阿古成了间谍。但是你还有信仰吗?哦,闭嘴——我相信音乐!好!今晚发生的一切。我相信……我要相信这些人。有些事情要失控了。他开始警惕起来。在家里,他可以把他的人性淹没在一片隐藏的犬儒主义的汪洋大海里,而白人永远也不会看到这一点。但这些人可能会理解。也许,整个晚上,他隐隐约约地感觉到了恐惧,毫无遮拦地暴露自己,被他们深沉的人性的光芒蒙蔽了双眼。他们看到了他的本来面目和他本应该成为的样子。

他是清醒的。听着音乐，思考着，要记住，你住在船上。沿着笔直的街道走下去，走到黑暗中。因为你的家住在哈莱姆区。别让酒麻痹了你，也别让他们的好客欺骗了你。为国家效劳吧，帕克。他们不了解这些。如果这些人知道了，也没关系。熄灭那盏灯，奥赛罗——不然你就是喜欢让别人来熄灭？

"你的眼睛怎么样了？"卡蒂先生问道。

"几乎看不见。"

"真是太可惜了！"

"这是一个美妙的夜晚，"他说，"是我度过的最难忘的夜晚。"

"很高兴你能来，"卡蒂先生说，"演员们也一样。他们看得出你很懂得欣赏这些音乐，他们也很高兴。"

"为音乐干杯。"他举起了酒杯。

"为音乐干杯。"卡蒂先生说。

"对了，我把手电筒借给你，回去好照路。你把它放在希思书店就行了。谁都知道那里。"

"你自己也需要的。"

卡蒂先生把手电筒放在桌子上。"别担心，"他说，"我的家在这里。我对这个城市了如指掌。"

"谢谢，"他充满感情地说，"你真好。"

当酒吧里响起敲击的声音时,他看到其他人把椅子推向身后,他也跟着站了起来,理解了此时卡蒂低声说的"要奏我们的国歌"。

国歌中有某种力量使他们挺胸抬头一直向前。他跟着低声哼着。当国歌结束时,他会问那些歌词是什么。

就在此时他听到了胜利的旋律,钢琴奏起了《上帝保佑国王》。听起来不那么激动。然后,他们迅速变调,又开始演唱《国际歌》,描绘了一支国际军队。《国际歌》把他带回到他童年的南方小镇,跟在乐队的后面在街上游行。

卡蒂先生用手肘碰了碰他。他抬起头,看见乐队指挥正微笑地望着他。他们都望着他。为什么,是他的眼睛吗?他们在开玩笑吗?突然,他听出了旋律,感到双膝发软。仿佛被推入了可怕的不祥的梦中国度,这些梦境引诱他做出了一些不愿做的、有辱人格的事情,只有忘了这些,才能拯救他。这一切都是虚幻的,但似乎发生在以前。直到现在,这些曲子似乎被赋予了新的广泛的意义,而他想唱的那一部分,却与他熟悉的旧词格格不入。在音乐之外,他还不断地听到士兵们的声音,就像把光照到他眼睛上时那样大声地喊叫。他望着那些歌手,直愣愣地望着,仿佛要背叛他,他听见自己的声音像突然放大的收音机一样在大声唱着:

……彻夜证明

我们的国旗还在……

这声音仿佛是另一个他无法控制的人的声音。他的眼皮直跳。一阵内疚感震撼了全身,接着是如释重负的感觉。这是平生第一次,他带着梦幻般的惊奇想象,这些歌词没有讽刺。歌声结束时,他困惑地站在那里,凝视着威尔士人的面孔,不知道是祝贺他们,还是用善意的微笑回敬他们。然后乐队指挥出现在他面前,卡蒂先生说:"帕克先生,你自己的歌喉也不错。莫坎先生,他可以加入吗?"

"可以加入,如果他留在威尔士的话。他一定要加入俱乐部,否则我是不会善罢甘休的,"莫坎先生说,"怎么样,帕克先生?"

但帕克先生不能回答。他像根棍子杵在那儿,手里握着卡蒂先生给的手电筒,希望黑色的眼罩能挡住流出的泪水。

一场大风暴

整个上午他都被杰克·约翰逊搅得心神不定。这件事很恼人，找不出合适的理由。他太年轻了，没见过杰克·约翰逊吵架，航行中也没人提起过他的名字。另外，他要好好考虑一下怎么和琼谈论不切实际的梦想。但是他怎么和她谈呢？每当他陷入思考的时候，杰克·约翰逊就会像远处的惊雷一样打断他的思绪。

他站在吧台前，愁眉苦脸地望着货架上一排排五颜六色的瓶子。现在是下午三点左右，酒吧里空荡荡的，连酒保也不见了踪影。嗯，很快就要到去马路对面的红十字会馆和她见面的时间了。他隔着空桌子朝墙上的钟望去，不知是谁留下的一组刺中靶心的飞镖。当他望着外面的雨时，他湿漉漉的脚在光滑的地面上留下了印记。他突然感到了一阵孤独，真希望他进来时离开的士兵还在这里。

回到家里，他若有所思，想找个人聊聊。有一种机器叫自动点唱机，里面装有彩灯，只要花五分钱，你就可以沉醉在音乐中。也许周围有几个酒鬼在闲荡，或者只是顺便来喝杯酒。或许，他们就站在你旁边，争执不休地谈论着政治，说一些让白人下地狱的话。面向大街的是一扇大窗户，不是小窗户，透过窗户，可以看见棕色皮肤的女孩们，是那种可以搞出各种麻烦事的女孩，缓慢地扭着屁股走过。也许有的会往窗户里望一眼，微笑着，朝你眨眨眼睛，只是为了好玩……

他停住了，杯子举在半空中，以为听到了远处的雷声。他想，这种天气不适合轰炸，这枪声不可能来自卡迪夫。接着，透过雨水打湿的窗户，他看到卡车呼啸而过，车上帆布的篷顶疯狂地拍打着。他喝了一口啤酒。在他看来，战争已是老生常谈的话题，一想到要发动突袭，他没了兴致。但一想到家乡，他就感觉好多了，他努力地整理好自己的心情。

他认为在酒吧里碰到最讨厌的人有以下这些：

职业拳击手，竞走者，

拉皮条者，娼妓追逐者，

装着有钱的赌徒，

白天的苦行僧，

午夜的漫步者。

那一次，我走进了斯莫，没搭理任何人直接点了酒，站在老杰克·约翰逊身边，他戴着贝雷帽，满口金牙，个子高高的，不知道他名字前就知道他是个大人物。这种男人不顾那些女人。他们没有像夸奖乔那样夸奖他,但我喜欢他,他去了他想去的地方,做了他想做的事。不管他们说什么。这是一个男人必须做的。想知道他在国外经历了什么?他一定很孤独。孤身一人在西班牙……我再也不想独自航海了,我是独一无二的。随行者也都很好,不像以前的杰克·约翰逊时代。在美国历史上,水手是一群野心勃勃、最有民主精神的人。不像大学校长、政客那样粗鄙,精英都去航海了。不是玩笑。但是和他们相比,你是独一无二的同时也会失去一些东西。一个没有独自经历过艰难生活的人,就不是一个完整的人。

有些事情上,给自己定太大的目标不太好。但是你能去的地方就得去——只要轻装上阵。不需要太优雅,只需轻松出行。但最后一条是老杰克坚持提出的,不是么?究竟是什么意思呢?不图名誉,声望已逝。坚持什么呢?琼可以吗?老杰克·约翰逊拥有乔·路易斯没有的东西。我需要吗?乔身体里隐藏着野性。在拳击场上,乔控制着自己。乔像机器那样战斗,而杰克像个舞者。就像无声的电影。无名的英雄!老杰克追求生活。不怕被称为傻子。界定了他的世界……自己的世界……整个世界!他夜以继日地一路战斗,用拳头拼搏,面带微笑,开着高效的战车。他是个男人,不是熊包。谁不是呢?"杀了他所爱的东西!"老杰克在西班牙甚至和一名警察交手。他制服了警察,逃脱了追逐,把警察耍得团团转。"白人小子，下一拳会打在你的下巴上，打到你满地找牙。"那警察大叫着："打死这个黑鬼！"……他们也不让我加入和警察斗争的行动。现在他已经足够强悍。托罗·弗朗哥，托罗·阿道夫。警察就是警察。琼能理解这些吗？

他看了看钟，试图停止内心独自的思绪，但没有成功。那么，如果老杰克能做到呢？有一段时间，一个人做了决定，所有人都起来反对，他也不能采取行动。而且，他们歪曲了整个事情。他们把老杰克逼到了绝境。就算他躺在古巴的阳光下，他的心也如被寒冰包裹。他没有遮挡刺目的阳光，却对这个世界嗤之以鼻……白人把这称之为苦恼。"意识到对可能的极端限制"。用他自己的形式来判定这个世界。老杰克·约翰逊，他的快乐在苦啤酒里，边想边喝光了杯子里的酒。老杰克·约翰逊，是的！一个投入的男人。一个被激怒的男人。一个发怒的人！

他站在那里，望着越来越大的雨，眼里充满了泪水，视线模糊了起来，透过玻璃窗的外面，天空仿佛裂成了碎片。所以他得走了，是时候了，她会等他的。走出门时，他突然停下脚步，小心翼翼地走在自己的脚印里，就连他自己也吃了一惊。

他坐在红十字会俱乐部里，凝视着壁炉里燃烧的煤块。俱乐部里很暖和。除了一名士兵在休息室里呼呼大睡外，房间里没有其他人。收音机的音量调得很低，他隐隐约约听到了音乐声。音乐的旋律很舒缓，营造出一种亲切又怀旧的气氛。然而，当他懒洋洋地躺在椅子上时，他感到了寒冷。周边的冰冷似乎已经冷到了骨髓里。他深深地叹了一口气，等待着。这时，厨房传来一阵银铃般的清脆声响，他转过身来，从门口走进来的是琼。

"亲爱的！"她说。

"你好。"他说。她那歌唱家般的嗓音在他耳边回响，尽管他对她笑着，心里却感到一阵刺痛。

"你等了很久吗？"她问。

"没等多久。多久都要等。"

她走过来站在火炉前，他看到了她脸上迅速流露出的关切。坚挺的志愿者围裙裹在她圆润的臀部，看上去很好看。

"你马上就要走了吗？"她说。

"你永远不知道是哪一天，"他说，"只要有人通知你，你就得离开。"

"你就不能再陪陪我吗，就一次？"她说着，抓住他椅子的扶手，俯身凑过去，他闻到了她身上的清香，"不要上船了好吗？或者我们马上结婚，今天就结婚？"

在她圆润的胸脯上，她闪闪发光的眼眸使她的蓝色眼睛更加深邃。她在微笑着。他如何告诉她呢？

"我愿意和你结婚，"他说，"哦，但是我不愿意现在就结。你知道的。"

"那你就走吧。"说着,她的声音被泪水打断了。

他无法回答。他知道她永远在他脸上找不到答案。他注意到她的手表在寂静中滴答作响时,看见杰克·约翰逊就像在烦恼的梦里伸直身子,戴着手套的双手护着眼睛,免受烈日的暴晒……

"这场可恨的战争,我讨厌这场战争。"她说道。

"但亲爱的,这就是我来这儿的原因。"

"不,"她生气地说,"你总会来找我的。我讨厌战争。憎恨战争,而且——哦,亲爱的,现在……我讨厌你来找我!"

他默默地注视着她。他的伤害已经使她不快乐。她已经拉响了警报。五年的轰炸不足以让她去适应战争,准备他们的生活……

"可是我,"他用手捂住黑色的脸说,"我没有参加战争。"

"但你让我有了这种感觉,"她说,"你为什么不为我着想呢?"

"琼,别耍小孩子脾气了,"他疲惫地说,"去把你的脸洗干净,趁着还有时间我们好好相聚一下吧。亲爱的,让我们好好待一会儿吧,别哭啦。"

她默默地看着他,就像小孩子一样脸上挂满了泪珠。然后她把头靠在他的肩膀上,随着一声声的抽泣,她的身体变得柔软起来。

"去吧,亲爱的,"他说,"这是我们共同的生活。"

"这就是生活,总是来打声招呼就告别,"她绝望地说,"可是我们什么时候才能一起生活呢？我想要住漂亮的房子，哪怕只住一小段时间。房子不大也没关系，只要温馨。在一座小山上，冬天有雾气飘落下来。有一堵铜墙可以遮挡，孩子们可以在那里玩耍和学习。你给孩子们讲述美国的事情——或者，"她突然气喘吁吁地说，"也可能是在美国的一所房子。俄亥俄州的一所小房子里……"

当她大声讲述梦想时，他凝视着她脸上时而露出的酒窝，牙齿在炉火柔和的火光中闪烁。他的脑海里，出现了威尔士绵延的群山，覆盖着石南花，褐色和绿色布满了乡间，就像在柔和的阳光下粗花呢上布满的纤细绒毛。和她在一起，那将是一种美好的生活。因为，突然间他意识到，他爱上了这片土地、这个故乡，就像很久以前的某一年来到俄亥俄州而爱上了它一样——奇怪的是，他应该记得那一年。就在那一年，他失去了母亲，靠打猎为生。那是美妙的故乡，他想，尽管也有不可挽回的东西，如果他再也不回来，这片土地也会变成这样。

她挪动了一下身子，靠在他身上感觉暖暖的，凝视着炉火。在炉火的映照下，她美丽的金发闪烁着火光。他怀着深情又麻木的痛苦注视着她。因为她不由自主地与他内心所有温柔的、痛苦的东西紧紧地纠缠在一起，被埋葬的东西与他最悲惨的生活画面结合在一起，封存在他最宝贵的死亡象征里。

她让他联想到了在特鲁埃尔的那个冬天，他以猎取鹌鹑和野鸡为生。他记得母亲去世的那个早晨，白雪覆盖的山丘在阳光下闪闪发光。随着母亲的离去，他有了新的认识。随着一声枪响，鸟儿们成双成对地飞过来，盘旋后落在灌木丛里。他来到了一个白雪覆盖的山谷，夕阳的一抹余晖照在他的身上，让人感到暖洋洋的。他发现了死在雪地上的一只野鸡，它的羽毛没有被伤到，蒸汽如幽灵一样从血液中缓缓升起。在孤寂的白雪中，他哭了一会儿，然后感到了如释重负。他震惊于红衣凤头鸟变成了红色的追踪子弹。渗入靴子里的雪水让人不寒而栗。还有那些苹果，黑黝黝的树枝上挂着深红的苹果，经过数月的冰雪之后，在天空的映衬下刻痕鲜明。尽管如此，苹果仍然醇厚甘甜……那是在战争的初期，是第一阶段。是一年中的悲惨时刻，尽管当时没有多少人相信。就像他们不再相信爱一个国家就是爱所有人一样。他们也不会理解，爱这片土地就是也要深切地热爱给人们带来的痛苦一样。但就是如此，琼也一样，就像那些事物一样，人们钟爱的和平是可以牺牲的。可你不能告诉她。

他轻轻地在她耳边说："你该去上班了。"

"是的，是这样，"她厌烦地说，"要人尽其责。"

"不会太久的，"他说，"也许今晚会有月亮。"

"没有月亮，预计会有暴风雨。"她说，"也许会下雪。这是威尔士本年的第一场雪。此外，也可能有轰炸机的月亮。"

"好啦，琼，"他说，"我会回来的……"

"什么时候？"

"一直要……蹚过水，越过火，跨过雪，穿过——一直，一直……"

"是的，即使在外面发生了什么，你也会回来的，"她拼命地抱紧他，叫道，"因为我爱你。我的美国男人——哦，我的美国男人，我去给你端多加了糖的茶来！"

她快速地离开了。他一边等着，一边望着渐渐熄灭的炉火，想着向西航行的事。明天他将起航回家。接下来的数周，他要开始残酷的横渡，独自面对波涛汹涌的大海。家乡会下雪。听到煤块燃烧发出的噼啪声，他打了个寒战。《陆军报》报道，一场暴风雪席卷了中西部各州。大雪吞没了俄亥俄州的小山，覆盖了他母亲的墓碑，封冻了小溪和河流，鹌鹑在暮色降临时的雪地上留下了踪迹。大雪横扫群山，吹过丛林，摇动着干枯的红叶，像飞舞的旗帜——一场无边无际的雪，覆盖了雪白的家园。扫雪，下雪，飘雪。山丘以及远处的地方都有雪。一场大暴风雪铺天盖地。

飞 行 家 园

托德醒过来的时候，看到两张脸在他的眼前晃动，烈日下阳光很刺眼，他分不清是黑人还是白人。他动了一下身体，感到一阵灼热，仿佛全身暴晒在阳光下，阳光直射进双目。刹那间，一种害怕被白人的手触碰的恐惧攫住了他。接下来，剧烈的疼痛慢慢地使他的头脑清醒起来。他隐隐约约听到了一些声音。他确实醒过来了。他琢磨着，他们是谁。不，他不是，我敢发誓他是白人。然后他清楚地听到：

"你伤得很厉害？"

他内心的怀疑解除了。那是黑人特有的声音。

"他还没完全清醒。"他听到回答。

"给我点时间……我说，孩子，你伤得厉害吗？"

是他吗？疼得很厉害。他直挺挺地躺着，听到了他们的喘气声，努力地搜寻他痛苦地躺在地上的理由。他心怀戒备地看着他们，大脑快速地回忆着。一幕幕断断续续的场景，就像电影预告片一样迅速在他的脑海中闪过，他看见自己驾驶着飞机，降落时从驾驶舱坠落，并试图站起来。然后，在万籁俱寂中，响起了骨头嘎吱的断裂声音。此刻，他抬起头，望着在同一片田地里的一个黑人老头和一个男孩焦急的脸庞，回忆使他感到一阵眩晕，他不想再回想下去了。

"你感觉怎么样，孩子？"

托德犹豫了一下，似乎回答了这个问题就等于承认了不可接受的弱点。然后，他说："我的脚踝。"

"哪一只脚的？"

"左边的。"

他带着陌生的感觉看着老人弯下腰，为他脱掉靴子，感到压力过后疼痛减轻了一些。

"好点了吗？"

"好多了，谢谢。"

他表现出像是在谈论别人的感觉，自己所关心的是更重要的事情，但不知什么原因遗漏了。

"一定是骨折了，"老人说，"我们得带你去看医生。"

他感到自己陷入了混乱。他看了看表，他在这儿多久了？他知道世上只有一件重要的事情，那就是赶在军官不高兴之前把飞机开回机场。

"扶我起来，"他说，"我要进机舱。"

"但你伤得太厉害了……"

"扶我一把！"

"但是，孩子……"

他抓住老人的胳膊，站了起来，保持左腿伸直，心想，我永远无法让他明白。那张皮革般光滑的脸和他自己的脸靠近了。

"来，让我们看看。"

耳边是不停歇的鸟鸣。他一把推开老人，摇摇晃晃，头晕目眩。眼前袭来无边无际的黑暗。

"你最好还是躺下。"

"不用，我没事。"

"但是，孩子。你这样会使伤口变得更糟……"

事实上，他忍着脚踝难以忍受的疼痛，他的心在大声呼喊停下来。他必须再试一次。

"如果你继续不顾及受伤的脚踝，他们会把你的脚全部切掉。"

他屏住呼吸，重新站了起来。疼得很厉害，他不得不使劲咬着嘴唇免得喊出声来。最后他允许他们扶着他在绝望中躺下。

"你最好放轻松。我们去给你找医生。"

他想他是幸运的，是不幸中的万幸，他逃过了一劫。高温的空气中弥漫着高辛烷值汽油的味道。

"我们可以骑着老奈德进城。"男孩子说。

奈德？他转过身来，男孩指着一群公牛，它们正在农田之外的地方吃着草。一想到自己要骑着牛穿过镇子，途经到处是白人的街道，路过机场的水泥跑道，他脑海里立刻浮现出耻辱的画面。他突然想起了女朋友的最后一封信，她写道："托德，我不想用报纸说服自己你有飞行的智慧。我一直都知道你和其他人一样勇敢。这些报纸很讨厌。托德，我知道你讨厌你的黑人身份，并一次次地证明了你勇敢的行为。我想他们在不停地鞭打那匹死马，因为他们想知道为什么你们还不开始反击战。托德，我真的很失望。任何有头脑的人都能学会飞翔，应该怎么做？如何使用？为谁使用它？亲爱的，我希望你能记下这一切。我有时觉得他们在捉弄我们。太丢人了……"他连忙擦去了脸上的冷汗，心里想，她知道什么叫丢脸吗？她从来没去过南方。现在丢脸的事情来了。当你必须面对评判的时候，你知道他们永远不会把你的错误当成自己的来接受，而是把你和你的种族放在一起——这是耻辱。是的，你不能简单地做自己的时候，你永远附属于这个无知的老黑人的时候，你会感到羞辱。当然，他是没错的。他善良，乐于助人。但他不是你。好吧，有一种耻辱是自己可以消化的。

"不，"他说，"我接到命令不能离开飞机……"

"噢，"老人说，然后转向男孩，"泰迪，你赶快去格雷夫斯先生那里，让他过来……"

"不，等一下！"他无意识地提出了反驳，格雷夫斯可能是白人，"就请他给基地的人传个话，其余的事由他们来处理。"

男孩跑开了。

"他要走多远的路？"

"差不多一英里。"

他向后靠了靠，看着满是灰尘的表。他想他们知道出什么事了。飞机上有一台无线电设备，但是没有用，老家伙永远不知道如何操作它。那只秃鹰把他打回到了一百年前，他想。一种讽刺感在他的心里油然而生，就像老人头上盘旋的小飞虫。在我看来，不论时间还是空间我都要依靠这个农民。他的腿一阵刺痛。在飞机上，不是用疼痛的节奏和小孩子赶路的速度来衡量时间，而是扫一眼仪器就知道时间。他动了一下胳膊肘，看到飞机的机身上满是尘土，感到心里一酸，每当他想起飞行的时候，他就有这种感觉。它蜷缩在那儿，就像被遗弃的蝗虫壳。没有它，我则赤身裸体，它不是机器，而是我穿的一套衣服。他突然感到莫名的难堪和诧异，低声说道："这是我唯一的尊严……"

他看见老人在看他，划破了的飞行服紧贴在身上，让他感觉很热。他有一种冲动想告诉老人他目前的感受。但告诉他又毫无意义。如果我和他解释为什么回去，他会认为我只是害怕白人军官。但这不仅仅是害怕而已……他的脸上写满了痛苦的表情，紧张得满脸都是汗珠。他观察着老人，老人在观赏飞机时正哼唱着一段小曲。他暗自有些自责。老人经常带着孩子般稚气的眼神仰望飞行员。开始时，这点使他很骄傲，新的体验很有意思。但很快他就意识到，他们不懂他的成就，会让他蒙羞，使他难堪，他们的表扬索然无味，就像傻瓜一样。飞行的意义从此消失，他也无法找回。他想，如果我是职业拳击手，我就会更有人情味。不是耍猴把戏，而会更男人。他们津津乐道的只是他黑人飞行员的身份，但这些还不够。在年龄、理解、情感、技术以及评判衡量自己的眼光方面，他和他们格格不入。不知怎么的，他觉得自己被出卖了，就像小时候发现自己的父亲已经死了一样。现在，对他来说，真正的欣赏来自白人军官，和他们在一起，他永远无法确定。在无知的黑人和居高临下的白人之间，他的飞行之路似乎被原本的性格和自然标签所固定。针对某些更加技术化和秘密的指令，他要绕路走出阴霾，逃离老人带来的耻辱，远离白人给予的关注。他拼命地飞行，心中只有一个目标，可以丰满羽翼。在这之后，对手会赞赏他的技能，他会承担最深刻的意义。他悲观地认为，要从敌人那里，不是从那些屈尊的人那里，也不是从那些不懂赞美的人那里，而是从仇恨的角度来认可他的男子气概和本事……

他叹了一口气，看见牛在干枯的黄土地上留下了稀奇古怪的影子。

"孩子，你放心好了，"老人安慰道，"他不会花太长时间的。他对飞机那么着迷。"

"我可以等。"他说。

"你管这架叫什么飞机？"

"高级训练机。"他回答说，看到老人在微笑。他的手指像一根粗糙的黑木炭，触摸着飞机的翅膀。

"它能飞多快？"

"每小时两百多英里。"

"天啊！飞得这么快，它看起来很安静，不像你一直在动！"

托德一动也不敢动，他解开了飞行服。躺着的地方没了树的阴凉，他像躺在火盆里。

"你介不介意我上去看一看？我有些好奇，想看一看。"

"你随便吧。不要乱碰东西。"

他听见老人爬上了机翼的金属楼梯，嘴里嘟囔着什么。马上要开始问题了。好吧，你不需要思考就可以回答上来……

他看见老人向驾驶舱望去，他的目光就像孩子般的明亮。

"你一定很熟悉这里的一切，是吗？"

托德沉默着，看着他走下来，跪在他身边。

"孩子，你怎么能飞到那么高的地方呢？"

因为这是世界上最有意义的行为……因为这让我和你不同,他这样想。

但是他说:"因为我喜欢飞翔。我知道,飞行是一种很好的战斗和死亡的方式。"

"是吗?我想你是对的,"老人说,"但要多久他们才会让你参加战斗?"

他紧张起来。这是所有黑人都会问的问题,他们带着胆怯的希望和渴望提出这个问题,这种希望和渴望是空虚的,在他第一次飞行时他心里就知道。他觉得头晕。他突然想到,这次谈话中有一种不祥的预感,他不愿意在不安全又陌生的地方飞行。要是他能教训一下老头多好,他一定让他闭上嘴!

"我和你打一个赌……"

"打什么赌?"

"你掉下来的时候很害怕。"

他没有回答。老人就像在小路上奔跑的小狗,似乎嗅到了自己的恐惧,他心里很生气。

"你真是吓死我了。当我看到你坐着那家伙东摇西晃,活像一匹脱缰的野马到处乱撞时,我以为你完蛋了。我差点没吓昏过去!"

他看见老人咧嘴一笑说:"今天早上发生了太多的事情,得理一理。"

"比如?"他问道。

"第一件事情,两个白人来找鲁道夫先生,那是格雷夫斯先生的亲戚。这件事让我很生气……"

"为什么?"

"原因是,他确实是从疯人院逃出来的,"他说,"他可能杀了人。不过他们现在应该已经被抓到了。然后就是你出了事。刚开始,我以为是其中的一个白人男孩。如果你不是从那里降落下去的,那就可能死了。天啊,我确实听过你们的事情,但从来没有看见过。我真的说不出在飞机上看到一个长得像我的人是什么样的感觉!"

老人继续说着,声音在托德的思绪中流淌,就像飞机在流动的空气中穿梭一样。他觉得自己像个傻瓜,他记起了镇子上的广告牌在阳光下闪耀,一个小男孩在放蓝色的风筝,它像一朵绽放的奇花在天空中摇曳,之后他感觉到天旋地转。他自己放过这样的风筝,努力地搜寻着风筝线另一端的男孩。但是飞机飞得太高也太快了。他兴高采烈地向上推了一下操纵杆,想向高处冲一下。可能是向上的角度太大了。他学习飞行的第一个规则就是,如果推力的角度太大,飞机就会盘旋打转。相反,飞机没有向上,而是遇到了一只惊吓的秃鹰,只能向下俯冲。这只该死的讨厌的秃鹰!

"孩子,玻璃上那么多的血是谁的?"

"秃鹰的。"他说,回想起鲜血和羽毛溅到了舱门上。他仿佛卷入了一场血腥与黑暗的风暴里。

"哦,我知道了!这附近有很多秃鹰。它们追逐死的猎物。不吃活物。"

"就差一点儿,它就会把我当饭吃掉了。"托德严肃地说。

"它们运气很好。泰迪给它们取了个名字,叫黑乌鸦。"老人笑着说。

"名字还真不错。"

"这些该死的乌鸦。有一次,我看到它们围攻一批生病的马。我大声叫喊:'都给我滚开。'孩子,它们就灰溜溜地跑开了,我看见两只黑乌鸦飞了起来!嗖地一下!太阳照着它们,要是把它们烤了吃,没有比它们更肥的鸟了!"

托德感觉想要吐,他的胃在翻江倒海。

"那是你编的吧。"他说。

"不是!和你看到的一样。"

"我很高兴那是你看到的。"

"孩子,你在飞机上看到了下面很多有趣的东西。"

"不,我会让你明白的。"他说。

"顺便说一句,这附近的白人不喜欢看到你们这些家伙在天上飞。他们找过你麻烦吗?"

"没有。"

"嗯，他们会找你麻烦的。"

托德说："有些人总是想找别人麻烦。你是怎么知道的？"

"我就是知道。"

"这样啊，"他辩护道，"还没有人找过我们麻烦。"

当他向外看的时候，他的耳朵里流出了血。他紧张起来，看到天空中有一个黑点，他紧张地辨认着那个看不清的东西。

"你怎么看待这件事？"他感兴趣地问道。

"又是一次霉运，孩子。"

然后他失望地回忆起机翼的运动，它们平稳地滑翔起来，展开，飞机在空中盘旋，迅速地落在绿色篱笆后。就像他想象中的一只鸟，眼前只剩下倾斜的松树杈，与苍茫的天空形成鲜明的对比。他躺在那里，几乎喘不过气来，目光紧锁在消失的地方，陷入了一阵后怕和庆幸之中。为什么它们这么可恶，却又飞得这样好？*仿佛我在天堂一样*，他听到了，吓了一跳。

老人一边咯咯地笑着，一边揉着他那长满胡茬的下巴。

"你说什么？"

"嘘，我死了，进了天堂……也许等我告诉你的时候，他们会来找你的。"

"我希望这样。"他疲倦地说。

"你们这群人在一块儿的时候，互相吹牛吗？"

"不是很经常。这算一次吗？"

"嗯，也许，我死的时候会吧。"

老人停顿了一下。不过关于乌鸦的事，他没有说谎。

"好吧。"他说。

"你想听天堂的故事吗？"

"讲一个吧。"他回复道，把胳膊枕在头下。

"好吧，我进入了天堂，立刻长出了翅膀。每个翅膀有六英尺①长。就像白衣天使。我简直不敢相信。我兴高采烈地踩在云朵上，试了一朵又一朵，你知道，因为我不想一开始就把自己弄得像个傻瓜……"

托德想，这是一个古老的故事。几年前他就听过这个故事。已经忘记了。但至少这个故事让他不去想秃鹰的事情。

他闭上眼睛，听了下去。

"……我做的第一件事，就是爬上了一朵很矮的云，然后跳下来。孩子，如果翅膀不起作用的话，就会摔死了！首先，我试了试右边的翅膀，接着又试了一下左边的，然后两个同时试了一下。然后，天哪，我开始在人群中飘动。他们看见我了……"

---

① 1英尺约合30厘米。

老人用胳膊比画着飞翔的姿势，满脸都是装出来的骄傲，他指着一群想象出来的人群，心里想，消息会登在报纸上，"……于是我就去找了几个不同颜色的天使——不知怎么的，我一直不相信自己是天使，直到我看见一个真正黑色的天使，哈哈，真的！然后我就飞起来了——但是他们却告诉我，最好落下来，因为黑人在飞行的时候必须戴上特殊的金腰带。这就是他们不能飞的缘由。"哦，是的，"如果你是黑人，你必须特别强壮。另外，飞行时要系上安全带……"

这是一个新故事，托德想。他到底想表达什么意思呢？

"所以我对自己说，我可不想因为没有安全带而烦恼！哦，不！如果上帝赋予了你一双翅膀，你应该足智多谋，不要让任何人妨碍你佩戴什么。"所以我开始飞起来了。"嘿，孩子，"他咯咯地笑着，眼睛闪烁着光芒，"你知道我要让每个人知道，老杰弗逊也能飞得和别人一样好。我也能像鸟儿一样自由地飞翔！我甚至可以绕圈圈——唯一的要求是让白色的长袍一直垂到我的脚踝……"

托德感到不自在。他想对这个可笑的故事一笑置之，但他的身体拒绝了，因为他有独立的意志。他的感觉就像是小时候吃了母亲给他的糖衣药丸后，她嘲笑他为消除那可怕的味道所做的努力一样。

"……嗯，"他听见了，"我本来一切都很正常，后来发现加速可以带起一阵强劲的风，我可以飞得更快。我可以表演各种特技。我开始飞向天上的星星，然后向下俯冲，俯瞰月亮。伙计，我喜欢把老白衣天使吓得魂飞魄散。我是在地狱里长大的，孩子，我没有伤害你的意思。但我就是感觉很好。知道终于自由了真是太高兴了。一不小心我碰掉了星星的边角，有人告诉我，那在梅肯郡引发了一场风暴和一起绞刑事件——不过我发誓，我相信那些男孩子，他们是在对我撒谎……"

他在嘲笑我，托德很生气。他认为这是个笑话。还朝我咧嘴笑……他感觉喉咙发干。他看了看表，他们为什么还没到呢？既然他们一定要这样做，为什么不快点？将来有一天，我会从天国的街道上落下来。托德想，这是你自找的。就像在鱼腹中的约拿。

"只要把羽毛扔到每个人的脸上就行了。老圣彼得叫我进去。他说，'杰弗逊，告诉我两件事，飞行中不系安全带你是怎么做到的？你怎么飞得这么快？'因此，我告诉他我在飞行的时候没有系好安全带，有东西挡住了我的路，但我不能飞那么快，因为我用的不是单翼飞机。圣徒彼得说：'你不是只用单翼飞行吗？''是啊。'我惊恐地说。所以他说：'好吧，既然你有一双好翅膀，你可以暂时不系安全带。但是从现在起，不要再用单翼飞行了，因为你飞的速度实在是太快了！'"

托德想，你一张嘴都是坏牙，话还真是多。我为什么不派他去追那个男孩呢?他的身体在坚硬的地面上感到了疼痛,为了改变姿势,他动了动扭伤的脚踝,恨自己叫出了声。

"越来越严重了?"

"我……我抻到了伤口。"他呻吟着。

"试着不去想它,孩子。这是我能做的。"

他紧紧咬住嘴唇,试图与疼痛抗争,声音恢复了有节奏的嗡嗡声,杰弗逊似乎沉浸在自己的创作中。

"……在经历了如此多的麻烦后,我才慢慢地飞在天上。但我忘记了什么是像我这种有色人种该做的,再一次使用单翼起飞。这一次,我使用折断的胳膊,很快地飞起来,快得连魔鬼都无地自容。天哪,我飞得太快了,所以我又被之前的老圣彼得叫住了。他说:'杰夫,我不是警告过你超速了吗?''是的,'我说,'但那是个意外。'他悲伤地看着我,摇了摇头,我知道我完蛋了。他说:'杰夫,你在天堂超速的行为有多危险。如果我让你继续飞,天堂只会是一片混乱。杰夫,你还是离开吧!'孩子,我和白人老头争辩着、恳求着,可是一点用也没有。他们直接把我送出了天国门外,给我一个降落伞和一张亚拉巴马州的地图……"

托德听见他笑得几乎说不出话来,就在他们之间,形成了一道屏障,他感到耻辱像火焰一样燃烧起来。

"也许你最好还是停一会儿。"他用变了调的声音说。

"没多少了,"杰弗逊笑了,"他们给我降落伞的时候,圣彼得问我是否想在我离开之前说几句话。我感到很难过,我几乎不能看他,尤其是周围站着那么多白衣天使。然后有人笑了,让我很生气。所以我告诉他:'好吧,你拿走了我的翅膀。把我赶走了。你有责任,所以我对此无能为力。不过你必须承认,我在飞行时,是天堂里最他妈疯狂的!'"

在一阵笑声中,托德感到一种强烈的屈辱,只有通过暴力才能洗刷掉屈辱。老人那沸水般的笑声震颤起来,激起了他内心的仇恨,即使飞机上复杂的机械装置也不足以使他产生这种感觉。他听见自己在尖叫:"你为什么这样嘲笑我?"

在那一刻,他恨自己,但他已经失去了控制。他看到杰弗逊的嘴巴张得老大。"什么?"

"回答我!"

他的血直冲到了太阳穴,仿佛马上会爆裂一样,他试图伸手去抓住老人,但摔倒了,大声尖叫起来:"我来给你解释,因为他们不让我们飞,也许我们是一群吃死马的秃鹰,但是我们有希望成为雄鹰,不是吗?不是吗?"

他筋疲力尽地向后倒去,脚踝在剧烈地抖动。嘴里的口水就像稻草一样。如果他有力气,他会把老人掐死。这位狰狞的灰头小丑给他的感觉像是在练兵场上被白人军官监督一样。然而,这位老人既没有权力、威望、地位,也没有技术。没有什么能使他摆脱这种可怕的感觉,他注视着他,他挣扎的脸表达出复杂的感情。

"你什么意思,孩子?你在说什么?"

"走开。去跟白人讲你的故事吧。"

"但我不是那个意思……我……我不想伤你的心……"

"拜托。离我远点儿!"

"可是,我没有,孩子。我并不是说飞得那么高。"

托德冰冷地摇着头,在杰弗逊的脸上寻找着嘲弄的痕迹。可是,他的脸变得阴沉、疲惫而苍老。他很困惑。他无法肯定他笑过,杰弗逊一生中是否真的笑过。他看见杰弗逊伸出了手来摸他,可又缩了回去,想知道除了疼痛之外,使他动摇的是不是真实的?也许这一切都是他想象出来的。

"别灰心,孩子。"他若有所思地说。

他听到杰弗逊疲倦地叹了口气,仿佛难以启齿。他的怒气消退了,只剩下了疼痛。

"对不起。"他喃喃地说。

"你只是累坏了,只是……"

他透过模糊的视线看着他,微笑着。刹那间,他感到他们之间存在着一种尴尬的沉默,那就是相互理解。

"孩子,你飞到这个地区来干什么?你不害怕他们会为了一只乌鸦而杀了你吗？"

托德紧张了起来。他又开始嘲笑他了吗？但还没等他做出判断，疼痛把他唤醒了，他的身体平静地躺在痛苦的屏障里，回想起他第一次看到飞机时的情景。就好像记忆中的空军基地，半开半掩的样子，每一个机库，都像有一只小黄蜂从地牢里钻出来，唤起他对一架架飞机的记忆。

我第一次看到飞机的时候，年龄很小，飞机是世上的新鲜事物。四岁半时，我唯一见过的是悬挂在州博览会汽车展览的天花板上的飞机模型。但不知道只是一个模型。不知道一架真正的飞机有多大，也不知道有多贵。对我来说，它就是一个迷人的玩具，本身就是完整的玩具，我母亲说，只有富有的白人小男孩才能拥有它。我目不转睛地站在那里，仰慕地看着那架灰色的小飞机，在闪闪发光的顶部划出一道道弧线。我发誓，无论贫富，总有一天我会拥有这样一件玩具。妈妈不得不把我从展览会拖回家，就连旋转木马、摩天轮或赛马也无法转移我的注意力。我忙着模仿飞机的嗡嗡声，又忙着用手来演示飞来飞去快速旋转。

从那以后，我再也不用家里后院的木头来搭马车和汽车了……而改成搭飞机了。我用木板做了两个机翼，用一个小盒子做机身，用另一块木板做方向舵。集市上的小天地会带来好多新的东西。我反复问妈妈什么时候有集市。我躺在草地上，仰望着天空，每一只战斗的鸟都变成了一架翱翔的飞机。要是能再见到一架真飞机，就好了。我对于飞机的提问，成了每个人的烦心事。但是飞机对老人来说也是新鲜事物，他们几乎没有什么可以告诉我的。只有我叔叔知道一些答案。更奇妙的是，他还能用木头雕刻出螺旋桨，木片会在风中快速旋转，在涂了油的钉子上剧烈抖动。

我想要一架飞机的愿望，超过了任何东西，超过了我想要一辆橡胶轮胎的红色马车，超过了我想要带铁轨的火车。我一遍又一遍地问妈妈：

"妈妈？"

"你想要什么，孩子？"她说。

"妈妈，如果我问你要，你会生气吗？"我说。

"你现在想要什么，我没有时间回答你愚蠢的问题。你想要什么？"

"妈妈，你什么时候给我买……"我问。

"给你买什么？"

"你知道，妈妈。我刚才问你的……"

"孩子，"她会说，"如果你不想挨揍，最好快点告诉我你在说什么，我要继续干我的活。"

"噢，妈妈，你知道……"

"我刚才跟你说了什么?"她会说。

"我是说你什么时候给我买一架飞机。"

"**飞机**!小子,你是疯了吗?我告诉你多少次了,别再做傻事了。我告诉过你那东西太贵了。我告诉你,如果你不停地为这些事来烦我,我饶不了你。"

但这些并没有阻止我,几天后我会再试一次。

后来有一天,发生了一件奇怪的事。当时是春天,不知什么原因,我整个上午都觉得又热又烦躁不安。我光着脚在后院玩耍时,感觉到了春天的美丽。多刺的黑槐树上挂满了花朵,像一串串芬芳的白色葡萄。阳光下蝴蝶在湿漉漉的矮草上扑动着翅膀。我进屋去拿面包和黄油,出来时听到一阵不熟悉的嗡嗡声。和我以前听到过的声音不同。我试着寻找发出声音的地方。没有找到。感觉就像我在寻找父亲的手表时,听到房间里的嘀嗒声,却看不见一样。只顾着寻找声音,却忘记了母亲吩咐的任务……然后我在头顶上找到了。在天空中,它飞得很低,大约有一百码远,是一架飞机!它飞得很慢,几乎不动。我惊讶地张大了嘴巴,我的面包和黄油掉在地上了。我上蹿下跳,欢呼雀跃起来。想到这里,我激动得浑身发抖,是某个白人小男孩的飞机,我只要把手伸出去,它就是我的了!在集市上,有一架这样的小飞机,飞得和屋顶差不多高。看到它稳步前进,我感到世界充满了温暖与希望。我打开窗户,爬过帘子，紧靠在那里，等待着。当飞机飞过来的时候，速度下降，别人没有注意到时，我就抓住飞机，跑进屋里。那就没人能来认领飞机了。随着嗡嗡的声音它飞得越来越近，蓝色天空中的银色十字架就在我的正上方了，我伸出手抓住了它，就像把手指伸进肥皂泡里一样简单。飞机继续旋转着，仿佛喘气之间就会飞走一样。我疯狂地抓住它，想抓住它的尾巴。我的手指在空中紧紧攥住，但失望之情涌进了我的喉咙。我最后一次绝望地想抓住它，用力向前。我的手指从窗帘滑脱了，我摔了下来，重重摔在坚硬的地面上。我用脚后跟跺着地面，当我的呼吸平复时，躺在那里号啕大哭。

我妈妈冲进了门。

"怎么啦，孩子！你到底怎么了？"

"不见了！它飞走了！"

"什么不见了？"

"飞机……"

"飞机？"

"是啊，就像集市上的那个……我……我试图阻止它，可它继续向前……"

"什么时候，孩子？"

"刚才。"我哭着说。

"飞到哪儿去了，孩子，怎么飞走的？"

185

"往那边，那边……"

她仰视着天空，双臂叉腰，格子围裙在风中飘动，我指着渐渐消失的飞机。最后她低头看着我，慢慢地摇了摇头。

"是不见了！它看不见了！"我哭了。

"孩子，你是一个傻瓜吗？"她说，"你没看见那是一架真正的飞机，而不是一架玩具飞机吗？"

"真的？"我停止了哭声说，"是真的吗？"

"是的，真的。难道你不知道你想要的东西比汽车还大吗？你想伸手去够它，我敢打赌它在屋顶上方两百英里的地方。"

"她对我特别生气。"

"你在屋子里，别人还没发现你做蠢事，你以为你的胳膊很长，能够得着……"

我被抬进了屋子，放在床上，脱了衣服，他们叫了医生来。我痛苦地大哭起来——为我发现了飞机而够不着的失望，也为受伤的疼痛。

当医生来的时候，我妈告诉了他关于飞机的事，并问医生我的脑子是否有问题。他解释说我已经发烧好几个小时了。但我一直躺在床上，我是在睡梦中看到了飞机，飞机仿佛滑过我的指尖，飞行的速度很慢，几乎不动。每次我伸手去抓它的时候就会抓不住，每次梦里，我都会听到奶奶的警告：

"年轻人，年轻人

你的胳膊太短了

跟上帝对垒……"

"嘿，孩子！"

起初，他不知道自己在哪里，用模糊的眼睛望着老人指着的方向。

"那是在追你的一架飞机吗？"

当他的视线变得清晰时，他看到远处的田野上有一个小黑影，在热浪中翱翔。他无法肯定的，以及担心的、可怕的反复出现的幻想，即螺旋桨的桨叶会把他劈成两半的幻想，已经变成了现实。

"你认为他看见我们了吗？"他听到。

"看到了吗？我希望如此。"

"他像蝙蝠一样从地狱里飞出来了！"

听到了微弱的马达声，他紧张起来，希望能快点结束。

"你感觉如何？"

"就像一场噩梦。"他说。

"快看，它又拐回来了！"

"也许他看见我们了，"他说，"也许他去叫救护车和地勤人员了。"他绝望地想，也许他根本就没看见我们。

"你派那小子去哪儿找人了?"

"去找格雷夫斯先生,"杰弗逊说,"这片土地的主人。"

"你认为他会打电话吗?"

杰弗逊马上看着他。

"会的。达布尼·格雷夫斯因为谋杀而名声不好,不过他会打电话的……"

"什么谋杀?"

"他们五个人……你没听说吗?"他惊讶地问道。

"没听说。"

"每个人都知道达布尼·格雷夫斯,尤其是黑人。他杀了我们太多人了。"

托德有一种天黑后被困在白人区的感觉。

"他们做了什么?"他问。

"以为他们是人呢,"杰弗逊说,"有些人还欠钱……"

"可是你为什么待在这儿呢?"

"孩子,你是黑人。"

"我知道,但是……"

"你也得回到白人那边。"

他转过身去,避开了杰弗逊的目光,那里面既有安慰,又有谴责。他绝望地想,我很快就得回到他们那里。他闭上眼睛,听到了杰弗逊的声音，火辣辣的太阳照在他眼睑上。

"我无处可去，"杰弗逊说，"如果我走了，他们就会来找我。但达布尼·格雷夫斯是个有趣的家伙。他总是爱开玩笑。他也是个吝啬鬼。然而，他可以背弃白人。我看见他这么干过。可是我呢，我最恨他就是因为这个。因为他一旦想帮人，他就会不顾一切，哪怕是对别人冷若冰霜。而其他白人则对他帮助过的人加倍严厉。对他来说，这只是个玩笑。他不会给他人一粒豆子——只给他自己……"

托德听着老人声音中流露出的一丝超然，似乎要保持一定的距离，避免具有破坏性的意义。

"只要他愿意帮你，然后把你送去包扎伤口。要我做什么都行，因为你必须这样。"

他想，要是我的脚踝能舒服一会儿就好了。他的脑海里突然闪过这句话：我离地越近，就会变得越黑。汗水流进了他的眼睛，他知道，如果他的头继续晕下去，他就永远看不到飞机了。他想看看杰弗逊手里拿着什么。是一个小黑人，另一个杰弗逊！一个小杰弗逊，他笑得前仰后合，而另一个杰弗逊则淡然旁观。然后，杰弗逊不再看手里的东西，抬起头来，转身想说话，但是托德却远远地离开了，在一个他早已忘记的日子和年龄，在炎热干燥的土地上寻找一架飞机。他和母亲神秘地穿过空荡荡的街道，从窗户后面露出黑色的脸，有人在敲窗户，他回头看到一只手和一张惊恐的脸从一扇破碎的门后疯狂地招手，他母亲正向下望着街，摇着头，催促他往前走。开始他只看见一道闪电，嗡嗡作响的马达，因为透过炽热的阳光，他看见闪闪发光的银圈在盘旋，随着爆炸声，他看见一阵白烟，听到母亲喊道："来吧，孩子，我没有时间去看那些傻瓜的飞机，我没有时间。"他又看到了一次，飞机飞得很高，突然爆炸，慢慢地下落，浓烟滚滚，像焰火一样闪光，他看着，匆匆地走着，白色的空气中飘扬着旋转的卡片，它们随风散落在屋顶和排水沟里，一个女人跑来跑去，抓起一张卡片，读着，尖叫着，他也冲了进去，就像冬天抓住雪花一样，向他的母亲飞奔而去。"来吧，小子！快点，我说！"他看着她拿走卡片，看着她的脸变得困惑，用颤抖的声音说，"黑鬼没有选举权"。当他看到一个白色的罩子盯着他，他看见飞机优雅地盘旋着，在阳光下像一把燃烧的利剑熠熠发光。看着它在高空翱翔，他被抓住了，陷入了可怕的恐惧和可怕的迷恋之中。

现在太阳已经不那么高了，杰弗逊在大声呼喊，渐渐地，他看见三个人影在田野弯曲的小路中移动。

"看起来像是医生，都穿着白色的衣服。"杰弗逊说。

他们终于来了，托德想。他感到内心的紧张得到了释放，感觉自己马上会晕过去。但他刚一闭上眼睛，就被抓住了，他在和三个白人搏斗，他们强迫他穿上外衣。这对他来说太难了，因为他的胳膊被钉在身体两侧，他怒火中烧，他意识到这是一件紧身衣。这是要干什么？

"格雷夫斯先生，应该能抓住他。"他听见了。

他用尽全身的力气睁开眼睛，他辨认着面孔。那是格雷夫斯，另外两个人穿着制服。他信誓旦旦地徘徊在恐惧与仇恨之间，当听到一个叫格雷夫斯的人说：

"伙计们，他身上的那套衣服看上去有点邋遢。最好脱下来。"

"格雷夫斯先生，这孩子没疯，"另一个人说，"他需要医生，不是我们。真不知道你是怎么把我们带到这里来的。可能是个玩笑，但你的表弟鲁道夫有可能会杀人。白人和黑鬼都一样……"

托德看到那个人气得脸都红了。格雷夫斯低头看着他，咯咯地笑着。

"年轻人，这个黑鬼穿着紧身衣。我知道明尼特·杰夫的孩子说了些关于黑人飞行员的话。你们都知道要不是脑袋发疯，黑人绝不会上到那么高。黑鬼的大脑不适合高海拔地区……"

托德看着那张抽搐的红脸，觉得他想象中所有无名的恐怖和淫秽都变成了现实。

"咱们快走吧。"其中一个说。

托德看到另一只手朝他伸过来，他第一次意识到自己躺在担架上，大喊道：

"别碰我！"

他们吃惊地后退了几步。

"你说什么，黑鬼？"格雷夫斯问道。

他没有回答，以为格雷夫斯的脚要踢他的头，却落在了他的胸口，他几乎无法呼吸。他无助地咳嗽了一声，看见格雷夫斯的嘴唇绷得紧紧的，盖住了他的黄牙，他把头转了过去。仿佛有一只半死不活的苍蝇在他脸上慢慢地爬行，他的内心炸裂开了。一阵狂热的、歇斯底里的笑声从他的胸膛里爆发出来，他眼睛瞪得仿佛要爆裂，感到脖子上的血管要破裂开来了。暗处的另一个他，惊奇地注视着满脸通红和歇斯底里的自己。他认为他永远不会停下来，他会笑死的。就像杰弗逊的笑声一样在他的耳边回响，他绝望地望着他，把目光集中在他的脸上，在这个充满愤怒和羞辱的疯狂的世界里，仿佛他成了他唯一的救赎。这给他带来了解脱。他突然意识到，虽然他的身体还在扭曲，但这个回声已不在他的耳畔回响。他听到杰弗逊充满感激的声音。

"格雷夫斯先生，部队命令他不要离开飞机。"

"黑鬼，管他什么部队，你得离开我的地盘！那架飞机可以留在这儿，因为它是用纳税人的钱买的。但你要给我滚蛋。你是死是活，和我都没有关系。"

托德现在已经超脱了，迷失在痛苦的世界里。

"杰夫，"格雷夫斯说，"你和泰迪来抬。你把这只黑鹰带到附近的机场，然后离开。"

杰弗逊和男孩悄悄地走近。他把目光移开，立刻意识到并心存怀疑，只有他们才能把他从孤立中解脱出来。

他们弯腰去抬担架。一个人走向泰迪。

"你能行吗，孩子？"

"我可以的。"泰迪说。

"好吧，那你最好在后面，让爸爸走在前面，这样那条腿就可以抬起来了。"

他看见白人走在前面，杰弗逊和小男孩默默地走在后面。然后他们停了下来，他感到一只手在擦他脸上的汗，然后他又走了起来。仿佛他已从孤独中被解救了出来，回到了人世。一股暖流在老男人、小男孩和他自己之间流动起来。他们轻轻地移动着。他听见远处的一只知更鸟在叫。他睁开双目，看见一只秃鹰在空中一动不动。整个下午似乎停滞不前了一样，他等待着恐怖再次袭击他。然后，他听到了男孩轻柔哼唱的歌声，仿佛出现在他脑海里一样，他看到那只黑鸟飞向了太阳，像一只燃烧的黄金鸟一样闪闪发光。